KB148070

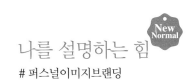

나를 설명하는 힘

#퍼스널이미지브랜딩

#퍼스널이미지 #브랜드평판 #성공전략 #이미지교육학자

나를 설명하는 힘

초판인쇄	2020년 05월 21일
초판발행	2020년 05월 27일
지은이	박영실
발행인	조용재
펴낸곳	도서출판 북퀘이크
마케팅	최관호
IT 마케팅	북퀘이크 영업팀
디자인 디렉터	오종국 Design CREO
이미지	pixabay
ADD	경기도 고양시 일산동구 백석2동 1301-2 넥스빌오피스텔 704호
전화	031-925-5366~7
팩스	031-925-5368
이메일	yongjae1110@naver.com
등록번호	제2018-000111호
등록	2018년 06월 27일
ISBN	979-11-964289-9-0-03810

정가 15,000원

The Power to Explain Myself

나를 설명하는 힘
퍼스널이미지브랜딩

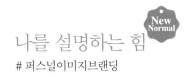

Personal
Image
Branding

박영실 지음

BOOKQUAKE

"세계를 움직이는 리더들의 스마트한 전략"

이 책은 예비사회인부터 시작해서 사회인, 중간리더를 거쳐 최고 리더까지 올라가면서 단계별로 필요한 이미지 브랜드 전략을 소개합니다.

클래식 애호가는 물론, 많은 사람이 좋아하는 '비발디 사계'의 매력은 무엇일까요? 아마도 우리네 '인생'을 닮았기 때문이 아닐까 싶습니다.

새롭게 탄생하는 계절의 시작인 봄이 주는 설렘은 자신을 바로 세우는 단계에 있는 예비사회인들의 알레그로[Allegro] 에너지를 느끼게 하지요. 여름이 주는 은은한 환희는 자신이 원하는 바를 위해 자신을 설명하는 단계에 있는 사회인들의 은밀하지만 치열한 노력을 설명합니다. 가을이 주는 신비하고 풍성함은 자신의 차별화된 경쟁력을 알리는 단계에 있는 중간리더들의 보이지 않는 노하우처럼 아름다운 선율과 함께 알려주고요. 겨울이 주는 깊이 있는 차가움은 자신의 차별화된 이미지 브랜드를 관리하는 단계에 있는 최고 리더들의 안단테[andante] 심사숙고를 형상화 시키는 듯합니다.

이 책은 예비사회인부터 시작해서 사회인, 중간리더를 거쳐 최고리더까지 올라가면서 단계별로 필요한 이미지 브랜드 전략을 소개합니다. 자신을 바로 세우는 힘이 필요하다면 1장부터 차근차근 정독하고 면접을 앞두고 있거나 조직원들과의 소통력을 강화하고 싶다면 '2장 나를 설명하는 힘'부터 읽으시면 좋습니다. 만일 자신이 중간리더로서 입지를 굳히고 브랜딩을 해야 하는 시점이라고 판단되면 3장으로 이동해도 무관하고요. 최고 리더로서 글로벌 리더들의 생생한 사례가 궁금하다면 4장부터 읽어도 상관이 없도록 구성했습니다.

나를 타인에게 제대로 설명하는 것, 참 쉽지 않지요.

그만큼 나를 타인에게 제대로 설명하는 힘, 참 중요합니다.

나를 잘 설명해야 친구도 생기고 애인도 생깁니다.

나를 잘 설명해야 취직도 하고 승진도 할 수 있습니다.

나를 잘 설명해야 부하도 움직이고 세상도 움직입니다.

보이는 이미지로 나를 설명하고

들리는 목소리로 나를 설명하지만

타인이 내 설명을 제대로 이해하지 못해서 좌절할 때가 있지요.

이유가 뭘까요?

첫 번째, 나의 설명을 알차게 만드는 뿌리인

'나를 바로 세우는 힘'이 약했기 때문입니다.

두 번째, 적당한 타이밍에 제대로 설명하지 못했기 때문입니다.

'나를 제대로 설명하는 힘'이 부족했던 거지요.

세 번째, 나의 설명에 신뢰감을 주는 보이지 않는 힘이 없었기 때문입니다. 그것은 바로 '나를 알리는 힘' 퍼스널 이미지와 브랜드입니다.

각계각층의 오피니언 리더들 대상으로 퍼스널 이미지 브랜딩을 오래 컨설팅하고 강의해오면서 나름대로 발견한 힘들입니다. 성공한 리더들의 브랜드는 그냥 만들어진 것이 아니라 자신을 바로 세우고, 제대로 설명하고, 차별화되게 알리는 힘이라는 특별한 공통점이 있다는 것입니다. 그런데 공들여 쌓아 올린 '이미지 브랜드' 라는 그 힘은, 최근 세계를 덮친 '코로나19' 와 같은 위기를 맞이해 어떻게 자신을 컨트롤하는지에 따라서 흔들리는 존재였습니다.

퍼스널 이미지 브랜드 평판을 컨설팅하는 교육학자의 관점에서 쓴 이 책에 혼돈의 상황을 극복해서 브랜드 평판을 잘 유지하는 글로벌 리더들의 생생하고 다양한 사례들도 소개했습니다. 고질병에 점하나 찍으면 고칠 병, 빚이라는 글자에 점하나 찍으면 빛, 마음 심(心) 자에 신념의 막대기를 꽂으면 반드시 필(必) 자가 됩니다. 이렇게 부정적인 것에 긍정의 점을 찍으면 절망이 희망으로 바뀌지요.

실패는 실을 감는 패, 그래서 언제든 풀 수 있습니다! 10번 실패했다는 것은 10번 노력했다는 것! 실패의 고통은 사탕처럼 빨리 녹이고 설명의 노력은 물처럼 매일 꾸준히 마실 줄 아는 사람들이야말로 자신을 바로 세우고, 제대로 설명하고, 일관적으로 알리고 꾸준하게 컨트롤하면서 우리의 힘이 된다는 사실을 알게 되었습니다.

같은 '비발디의 사계'를 들어도 듣는 사람의 해석에 따라서 다양한 곡이 되듯이 이 책도 독자의 경험과 필요에 따라서 다양한 결과색으로 변할 것을 압니다.

세계를 움직이는 리더들의 스마트한 전략을 통해 독자 여러분이 자신을 조금 더 잘 설명해서 타인의 마음을 얻고 원하시는 곳까지 조금 더 빨리 도달하시기를 희망합니다.

2020년 봄, 비발디의 사계를 감상하며

박영실 올림

Contents | **차례**

PART 04 ■ 나를 컨트롤하는 힘 – 최고리더들의 거울
■ 차별화 브랜드 안정화 단계 : 이미지 훼손요소 선별

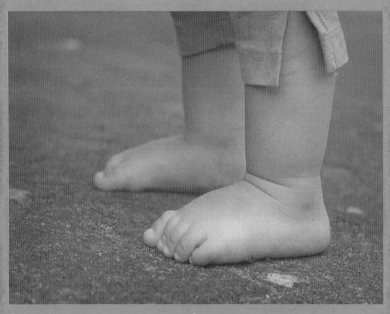

Personal

Image

Branding

The Power to Explain Myself

PART ▶01 :

나를 바로세우는 힘
예비사회인들의 봄

자신을 형성하는 입문단계 :
경력축적 업적 달성 단계

✿01 ┇ 간절히 원하면 이루어지는
'피그말리온 효과'

　　"스페인에서 비는 평야에만 내린다.(The Rain-In Spain-Stays-Mainly In The Plain)"를 드디어 품격 있게 말하는 일라이자를 보면서 나도 모르게 손뼉을 쳤다. 오드리 헵번이 주인공으로 나오는 영화 '마이 페어 레이디(My Fair Lady)' 속 한 장면이다. 경박한 사투리와 저속한 말투로 런던에서 꽃을 파는 아가씨 '일라이자(오드리 헵

"스페인에서 비는 평야에만 내린다
(The Rain-In Spain-Stays-Mainly In The Plain)"

빈'는 언어학자 히긴스 교수와 친구 페어링 대위의 협력으로 정확한 발음과 억양 등 품위 있는 화법과 품격 있는 매너를 익히는 '퍼스널 이미지 브랜딩' 훈련을 받는다. 드디어 6개월 후 영국의 상류사회에 어울리는 품격 있는 숙녀로 재탄생한다.

퍼스널 이미지 브랜딩을 컨설팅하는 교육학자 관점에서 관심이 갈 수밖에 없는 데다 오드리 헵번을 애정하고 존경하는 입장에서 수십 번을 더 보고 싶어지는 내 인생 원 픽 영화다. 이 영화의 원작은 '버나드 쇼'의 '피그말리온'이다. '피그말리온'은 그리스신화에 나오는 키프로스의 왕으로 아프로디테의 저주로 키프로스의 여자들이 타락하자 여자를 사랑할 수 없게 되어 상아로 자신이 조각한 갈라테이아(Galatea)라는 이름의 세상에서 가장 아름다운 여성 조각처럼 아름다운 여인과 결혼하게 해달라고 아프로디테에게 빌었다. 결국, 그 조각이 실제 여성으로 되어 그의 소원은 이루어진다. 이처럼 간절히 원하고 기대하면 원하는 것을 이룰 수 있는 것을 '피그말리온 효과'라고 한다.

영화에서 사투리 교정은 언어학 교수가 담당하고, 품위 있는 이미지와 매너는 대위가 담당하는 공동 프로젝트였다. 그러나 일라이자는 의외의 고백을 통해 이미지를 변하게 한 진정한 교육이 무엇인지를 알게 된다. "나를 그저 꽃 파는 볼품없는 하류층 여자로 보는 히 긴스 교수에게 나는 언제나 볼품없는 하류층 여자로 행동하지만, 나 를 숙녀처럼 대해주는 피커링 대위 앞에서 저는 진정한 숙녀가 됩니 다."라는 말에서…….

진정 변화를 시키는 교육이란, 상대의 행동보다는 마음을 움직임 으로써 스스로 변화하고 싶게끔 만드는 것이다. 코로나19 장기화로 대학 강의도 온라인으로 대체된 요즘 가장 큰 고민 중에 하나도 바 로 학습자 스스로 학습하고 싶게 만드는 전략이다. 쉽지 않다.

✿02 : 안타까운 베르테르 효과(Werther Effect)

　　최근 계속되는 안타까운 소식들로 인해서 '베르테르 효과'를 우려하는 목소리도 커지고 있다. 베르테르 효과(Werther Effect)는 자신이 존경하거나 모델로 여겼던 인물, 또는 사회적으로 영향력 있는 유명인이 생을 마감할 경우 그 사람과 자신을 동일시하는 것에서 출발한다. 그래서 자신이 닮고자 하는 이상형이나 사회에 영향을 미치는 유명인이 안타까운 선택을 할 경우, 그 대상을 모방해서 자신 또한 따라 하게 되는 현상을 뜻한다. 베르테르 효과는 독일의 문호 괴테가 1774년 출간한 소설 '젊은 베르테르의 슬픔(Die Leiden des jungen Werthers)'에서 유래가 되었다고 볼 수 있다. 이 작품에서 주인공인 '베르테르'가 생을 마감하자 그를 모방한 젊은이들의 급증하는 현상이 늘어났다.

유명인의 안타까운 선택을 따라 하는 패턴과 흐름

　　자신이 존경하거나 좋아했던 유명인의 안타까운 소식들이 사회 전반적으로 큰 영향을 주는 현상이라고 할 수 있다. '베르테르 효과'는 1974년 사회학자 데이비드 필립스(David Philips)가 가장 먼저 붙

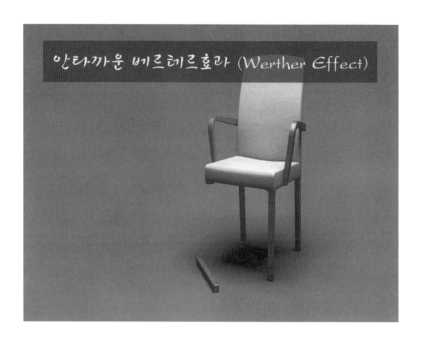

인 이름으로 알려졌다. 언론에 보도되는 유명인이 안타까운 선택을 한 사건 이후에 눈에 띄게 일반인의 자살률이 함께 증가한다는 패턴과 흐름을 파악했다고 한다. 여기에서 주목할 만한 것은 일반인이 언론매체를 통해 이런 기사에 얼마나 노출되느냐에 따라 영향을 받는다는 사실이었다.

나를 설명하는 힘

✿03 : 증가하는 우리나라의 베르테르 효과

지난해 자살률은 경제협력개발기구(OECD) 회원국 중 안타까게도 최고 수준으로 분석되었다. 몇 해째 자살률이 연속 감소하는 추세여서 다행이다 싶었었다. 그런데 지난해 다시 자살률이 증가세로 올라서 지난해만도 1만 명이 훌쩍 넘는 안타까운 소식을 전했다. 하루 평균 40여 명꼴로 자살 사망자 수는 전년보다 훨씬 늘었다. 이 수치는 금융위기 여파가 있던 2009년 이후 가장 큰 증가폭이어서 충격을 준다. 이 원인 중 하나가 바로 베르테르 효과라는 통계청 분석이 보도된 바 있었다.

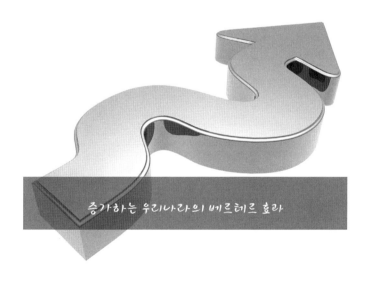

증가하는 우리나라의 베르테르 효과

✿04 : 자신을 바로 세우는 힘, 건강한 자존감

안타까운 소식이 들릴 때마다 우리가 잘못된 선택을 하지 않기 위해서 '건강한 자존감'의 필요성을 느끼게 된다. 한 철학자 데카르트는, '비교만큼 자신의 행복을 해치는 감정은 없다.'라고 말한 것처럼 자신을 바로 세우기 위한 간헐적인 성찰이 필요하다. 잘못된 비교는 건강한 자존감을 무너뜨린다. 우리는 저마다 다르게 생겼다. 그렇기에 남과 비교를 한다는 것 자체가 네모와 세모를 비교하는 것처럼 모순이다. 저마다 삶의 기준이 다르니 자신만의 결, 꼴과 장점을 찾아야 지혜롭다. 잘난 사람과의 비교든, 못난 사람과의 비교든 둘 다 지나치면 결국은 자신을 바로 세우는 데 걸림돌이 될 뿐이다.

잘나가던 지인이 있었다. 늘 주변에는 사람이 끊이지 않았다. 그런데 보증을 잘못 서서 부도가 났다. 자신이 무너지자 일순간에 등을 돌리며 떠나는 사람들을 보면서 더이상 삶의 의미를 모르겠다며 극단적인 생각을 많이 했다고 한다. 주변 사람들을 통해 자신의 존재를 늘 확인했기 때문에 정작 자신과의 대화는 부족했던 그녀는 어느 순간 거울 속에 너무 지친 소녀를 발견했단다. 한 번도 자신에게 진정한 사랑을 받은 적이 없던 가여운 소녀를 향해 어렵게 꺼낸 말,

"네가 나여서 고마워!"

자신이 잘 나갈 때는 늘 응원해 주던 사람들이 자신이 바닥을 쳤을 때는 위로는커녕 싸늘하게 반응할 때 우리는 마음에 구멍이 뚫려버린다. 사람들이 고개를 돌리는 것을 자신의 탓으로 돌리면 돌릴수록 자신을 사랑할 수 없게 된다.

　남을 위해 사는 삶, 남을 위해 자신을 희생하는 인생은 늘 외롭고 자신에게 상처를 준다. 소통하면서 살아야 하는 우리이기에 타인의 인정은 물론 중요하다. 하지만, 자신을 바로 세우는 중심은 자신이기에 자신 스스로 하는 인정은 더욱 중요하다.

자신을 바로 세우는 중심은
바로 자신!

✿05 : 믿음을 주는 플라세보효과

마르크 뤼터 네덜란드 총리가 헤이그에서 코로나19 확산을 막기 위해 '악수를 하지 말자' 라는 기자회견을 마친 뒤 보건 책임자에게 악수를 청한 사진이 화제가 된 적이 있었다. 곧바로 실수를 깨달은 뤼터 총리는 멋쩍은 웃음을 지으며 신체 접촉을 최소화한 팔꿈치로 인사를 했다. 언행일치의 중요성을 새삼 느끼게 되는 순간이었다.

자신의 믿음에 따라 주변 상황과 개인의 행동이 바뀔 수 있다. 이는 한 병원에서 감기 환자들을 대상으로 실시한 실험을 통해서도 증명된 바 있다. 50%의 환자들에게는 진짜 감기약을 투여하고, 나머지 50%의 환자들에는 밀가루로 만든 가짜 감기약을 투여했다. 실험 결과, 두 집단의 감기 치료 효과가 비슷하게 나타났다. 바로 '플라세보효과' 이다.

자신감이 있는 사람들의 행동과 말은 많은 사람들에게 믿음을 갖게 하는 힘이 있다. 의사가 효과 없는 가짜 약 혹은 꾸며낸 치료법을 환자에게 제안했는데, 환자의 긍정적인 믿음으로 인해 병세가 호전되는 현상인 플라세보효과[Placebo effect]처럼 말이다.

플라세보(placebo, 위약)란, 라틴어로 '내가 즐겁게 해 줄게요.' 라는 뜻으로, 환자에게 의학적 치료법으로 이용되지만 실제로는 치료에 전혀 도움이 되지 않는 가짜 약제를 말한다.

우리가 일상적으로 마주하는 타인과의 관계에서도 플라세보효과가 미치는 영향력은 꽤 강력하다. 즉, 관계에서 우리가 인식 가능한 실제적인 상호작용 이상으로 우리가 의식하지 못했던 기저에 자리 잡은 '밑바탕'이 그만큼 중요하다는 말이다. 나도 늘 방송이나 강의 전에 긴장이 되면 거울을 보고 '잘할 수 있어!' 라는 주문을 걸곤 하는데, 꽤 효과가 있다.

✿06 : 남보다 빠른 속도가 아니라
자신의 방향을 찾는 힘

처절하게 비교해야 할 대상은 자신보다 앞서가는 남이 아니라 어제 자신이 달려간 방향이다. 인생은 속도가 아니라 방향이기 때문이다. 라이벌의 존재가 나의 성장에 중요한 역할을 하는 건 맞지만, 결국 마지막 경쟁상대는 자기 자신이 돼야 한다. 세계에서 가장 멀리 나는 새, 북극 제비갈매기는 날개 길이 75~85㎝, 체중은 100g 안팎이다. 이 북극 제비갈매기는 다른 새들보다 빨리 나는 것이 목적이 아니다. 다른 새보다 작은 자신의 체력에 맞게 속도보다는 목적지까지 안전하게 갈 수 있는 S 방향의 길을 선택한다. 자신을 바로 세우는 힘은 자신을 제대로 알고 제대로 된 방향으로 세우는 것이 아닐까!

함께 해봐요

● **나는 현재 어떤 사람인가요?** (그림으로 표현해주세요)

● 나는 어떤 사람이 되고 싶은가요?

● 내 인생에서 가장 중요한 것은 무엇인가요?

● 죽기 전에 꼭 이루고 싶은 것이 있다면 무엇인가요?

● 내가 원하는 사람이 되기 위해서 꼭 해야 할 것 세 가지는 무엇인가요?

✿07 : 보이지 않는 안경, 이미지선입견을 쓰고 사는 사람들

제아무리 고품질 와인이라고 해도 어떻게 설명을 하는지에 따라 가치가 달라지고 와인을 담는 와인병에 따라서 평가가 변하기도 한다. 54명의 와인 전문가를 초청해서 와인 테스트를 했는데 첫 번째 와인은 "이 와인은 최고급 와인입니다."라는 설명과 함께 한눈에 보기에도 무척 고급스러운 병에서 따랐다. 이에 많은 와인 전문가들은 입맛을 마시며 더 후한 점수를 주었다.

반면에 두 번째 와인은 "이 와인은 주변에서 흔히 볼 수 있는 보통 하우스 와인입니다."라는 설명과 함께 평범한 와인병에서 따랐다. 전문가들은 인상을 쓰며 낮은 점수를 주었다. 사실 이 두 와인은 모두 같은 와인이었던 것이다. 보르도 대학 인지 신경과학 연구원이었던 프레데릭 브로셰(Frederic Brochet)가 1998년에 한 이 실험은 와인 전문가의 능력을 알아보기 위한 실험이 아니다.

그럼 무엇을 말하고자 한 것일까? 바로 '이미지 선입견' 이 얼마나 강한지를 검증 실험인 셈이다. 다시 말해서 많은 사람들이 처음에 지각한 이미지를 토대로 판단을 하는 경향이 크다는 것이다.

✿08 : 무시할 수 없는 후광 효과(Halo effect)

많은 명품 브랜드들이 다른 영역으로 사업 확장을 하면서
자연스럽게 명품 대우를 받는다. 루이뷔통 시계 컬렉션은 도입된 지
20년도 안되었지만 루이뷔통 상표를 달았다는 이유만으로도 고객
들에게 명품 대우를 받는다. 이것은 그동안 쌓아놓은 브랜드 이미지
에 대한 신뢰 때문에 이루어진 경쟁력이라고 할 수 있다. 이처럼 기
존에 쌓인 이미지가 확고하면 모든 평가에 '후광 효과(Halo effect)'를
준다고 할 수 있다. 개인과 기업은 상대편에게 좋은 이미지와 신뢰
를 주기 위해 명망 있는 권위자를 활용하기도 한다. 크리스토퍼 콜
럼버스가 신대륙을 발견한 이후 많은 사람이 스페인 왕의 후원을 받
기 위해 궁정을 드나들었다. 이때 페르디난드 마젤란은 다른 사람들
과의 차별화를 위해 카를로스 왕을 알현할 때 유명한 지리학자 루이
파레이로와 함께 갔다. 파레이로는 지구의를 놓고 마젤란 세계 항해
의 정당성을 설파했는데 이 덕분에 왕의 허가를 받는 데 성공했다.
마젤란은 브랜드 평판이 좋은 루이 파레이로라는 후광을 적절히 활
용한 것이다.

❈09 : 멋진 사람과 함께 있을 때 자신의 평가는 높아질까 떨어질까?

사람들은 어떤 사람이 매력적이면 그 사람은 지적이고, 관대하고, 성격도 좋고, 집안 환경도 좋을 것이라고 생각한다. 그에 비해 어떤 사람이 매력적이지 않으면 그 사람은 둔하고, 이기적이고, 성격도 나쁘고, 집안 환경도 나쁠 것이라고 생각한다. 개인의 신체적 매력이 별개의 인상 평가에 긍정적인 영향을 미치는 현상을 '후광 효과(halo effect)'라고 하고, 부정적인 영향을 미치는 현상을 '부정적 후광 효과(negative halo effect)'라고 한다. 후광 효과는 인간관계에서도 찾아볼 수 있다. 사람들은 신체적으로 매력적인 사람들과 함께 있길 원한다. 그래서 이왕이면 잘생긴 친구와 어울리려 하고, 매력적인 사람과 결혼하려고 한다. 매력적인 사람 때문에 자기의 주가가 올라간다고 믿기 때문이다.

신체적 매력과 후광 효과의 관계는 크게 발산 효과와 대비 효과로 나누어진다. 발산 효과는 매력 있는 사람과 함께 있을 때 자신에 대한 평가가 높아지는 현상이고, 대비 효과는 매력 있는 사람과 함께 있을 때 자신에 대한 평가가 상대적으로 낮아지는 현상이다. 결국, 매력 있는 사람과 같이 있다고 해서 항상 좋은 결과를 보이는 것은 아니다. 그 사람과 자신이 어떤 관계이냐가 중요하다. 가장 중요한 것은 내 주변을 멋진 사람으로 채우기 위해 노력하는 것보다는 스스로 나를 바로 세우는 힘이 중요하다. 내가 나를 바로 세우지 않으면 그 누구도 나를 바로 세우지 못한다.

✿10 : 개인 자체가 브랜드인 시대

21세기는 여러 다양한 분야에서 경쟁력 있고 차별화되는 퍼스널 브랜드 이미지 창출을 위해 치열한 전략들을 세우고 있다. 브랜딩 전략은 기업을 넘어서 국가의 경쟁력을 향상하는 수단으로도 넓게 확장되는 추세다. 세계 여러 나라는 각국의 고유한 국가 브랜드를 창조하고 발전시켜서 자국의 이미지를 높이기 위한 브랜딩 전략 구축에 많은 투자를 하고 있다. 효과적이고 긍정적인 브랜드

이미지의 상품이나 조직 구축을 위해서 여러 창의적인 전략들이 활용되는데 그중에 하나가 바로 상품이나 조직을 전달하고 대표하는 사람의 퍼스널 이미지 전략이라고 할 수 있다. 특히 리더는 개인 자체가 브랜드로 인식되기 때문에 보다 긍정적이고 효과적인 브랜드 이미지 확립을 위해 각 업계의 경쟁은 점점 치열해지고 있다. 리더의 부적절한 행위로 인해 잘못된 리더의 퍼스널 이미지와 브랜드는 소비자의 기업 평판 인식에 부정적인 영향을 주어 기업 평판은 물론 조직의 가치에 부정적인 영향을 미친다. 따라서 기업의 리더는 기업 내부의 중요한 인적자원으로 기업철학과 일치하는 언어와 행동을 유지하는 퍼스널 이미지를 보이는 지속적인 노력을 해야 한다.

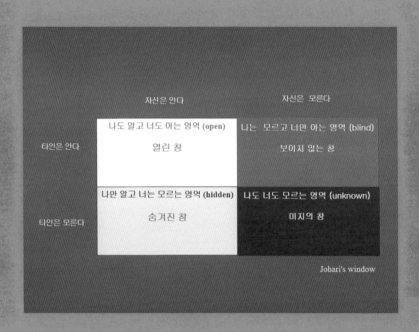

자신은 안다   자신은 모른다

	자신은 안다	자신은 모른다
타인은 안다	나도 알고 너도 아는 영역 (open) 열린 창	나는 모르고 너만 아는 영역 (blind) 보이지 않는 창
타인은 모른다	나만 알고 너는 모르는 영역 (hidden) 숨겨진 창	나도 너도 모르는 영역 (unknown) 미지의 창

Johari's window

P e r s o n a l

I m a g e

B r a n d i n g

The Power to Explain Myself

PART 02:

나를 설명하는 힘
사회인들의 여름

자신을 증명하는 성과달성단계 :
업적성과 창출 단계

▶01 : 참 어려운 도전, 자신을 타인에게
          제대로 보여주는 일

가장 어려운 것 중 하나가 바로, 자신을 제대로 소개하는 일이다. 어떻게 소개해야 잘 보일까, 어떤 점을 강조해야 상대가 나를 인정해 줄까 연연하기 때문이다. 어쩌면 자신을 잘 모르기 때문일지도 모르겠다. 우리는 살면서 자신을 설명해야 할 때를 만난다. 엄마 손 붙잡고 시장에 가면 낯선 아줌마들에게 인사를 하면 '몇 살이야?', '뭘 좋아해?' 라는 질문을 받는다. 학교에 들어가서도 선생님과 친구들에게 자신을 소개하고 진입장벽이 높은 회사에 들어가기 위해서 자신을 멋지게 어필해야 하는 사회에 우리는 살고 있다. 자신을 제대로 소개하는 것은 참 도전이다. 어렵기 때문이다.

▶02 : 거울 속의 자신이 자신이 아니라는
사실을 알게 되면서

먹고살기 바빠서 배움에 대한 갈망을 해소하지 못한 사람들, 병치레를 통해 사라진 자신감을 찾고 싶은 사람들, 어두운 터널에서 방황하는 자신을 달래주고 싶은 사람들, 의미 없던 하루에 지쳐 멈춰버린 심장을 새롭게 뛰게 하고 싶은 사람들. 우리 주변에는 이런 사람들이 적지 않다. 목표를 향해 잘 달리던 사람들도 가끔 주저앉는다. 다시 일어나고 싶지만 몸이 말을 듣지 않는다. 무너진 자존감의 무게만큼 삶은 고달파지고 거울 속의 자신이 자신이 아니라는 사실을 알게 된다. 자신이 생각하는 자신과 타인이 생각하는 자신이 참 많이 다름을 알게 되는 순간 혼란스러워진다. 자신을 잘 소개한다고 생각했지만, 자신을 가장 잘 설명할 수 있는 것은 자신이라고 장담했지만, 사실이 아님을 느끼게 되는 순간들이 있다. 우리에겐 자신을 설명할 수 있는 힘이 필요하다. 그러기 위해서는 무엇보다 자신을 가장 잘 아는 것이 자신이 되어야 한다.

▷03 : 조해리의 창을 통한 내면 이미지 성찰

　　이미지 컨설팅을 오래 해오면서 느낀 것이 있다. 적지 않은 사람들이 자신을 잘 모른다는 것이다. 자신에 대해 누구보다 잘 안다고 하는 사람들도 촬영된 자신의 모습을 보면서 쑥스러워하고 당황하고 놀란다. 자신이 생각하지 못한 의외의 표정들과 제스처 그리고 익숙하지 않은 음성의 또 다른 자신과 맞닥뜨리면서 혼란스러워하기도 한다. 생각만큼 우리는 자신을 세심하게 잘 들여다보지 못하고 있다. '조해리의 창(Johari's window)'은 우리가 자신을 얼마나 잘 모르고 있는지, 그리고 자신을 바라보는 관점이 얼마나 다양한지를 알려준다. 조해리의 창은 네 가지 영역으로 나뉜다.

　1) 나도 알고 너도 아는 영역(open) : 일부러 노출하지 않아도 사람들이 어렵지 않게 인지할 수 있는 부분. 의식적으로 하는 말과 행동, 성별, 나이, 외모, 출신 학교, 직업에 관한 정보 등.

　예) 단발 웨이브의 헤어스타일을 하고 바지 정장을 즐겨 입는 중년 교육학자.

2) 나만 알고 너는 모르는 영역(hidden) : 본인 스스로 공개하고 싶지 않은 부분으로 단점, 숨기고 싶은 습관, 알리고 싶지 않은 배경이나 신체 비밀 등.

예) 덜렁대고 잘 넘어지는 성격에 새끼손가락의 보이지 않는 점.

3) 나만 모르고 너는 아는 영역(blind) : 타인에게 쉽게 노출되어 이미 알고 있으나 정작 자신은 모르는 부분. 타인을 통해 알게 되는 나의 성격이나 습관, 의외의 매력 등.

예) 거짓말할 때 눈을 자주 깜빡이는 버릇.

4) 나도 모르고 너도 모르는 영역(unknown) : 자신은 물론 타인도 알 수 없는 미지의 부분.

예) 주로 대인 관계에서는 드러나지 않는 내면, 무의식의 세계.

상대방과 상호작용을 하면서 각 영역의 크기가 물결처럼 변화한다. 긍정적인 느낌과 함께 공감대가 형성되면, 숨겨진 자아가 줄고 대신 열린 자아가 늘어난다. 자신에 대한 정보를 타인에게 제공하는 양이 많아지는 것이다. 또 상대방의 피드백을 통해 전달되는 정보를 바탕으로 눈먼 자아가 줄어들고, 그만큼 열린 자아의 영역이 넓어진다.

즉 자아 노출과 피드백이라는 두 가지 요소가 열린 자아의 영역을 크게 확장하는 것이다. 물론 상호작용이 부정적인 느낌을 주거나 생소한 관계에서는 숨겨진 자아의 영역이 더 증가하게 된다. 사회생활을 하는 우리는 누구나 자아 노출을 하며 살아갈 수밖에 없지만 그렇다고 해서 언제나 자아 노출을 많이 해야 하는 것은 아니다. 그리 많지도, 그리 적지도 않은 적정 수준의 노출이 필요한 것이다. 타인은 알고 자신만 모르는 눈먼 자아가 크면 클수록 자신을 제대로 설명하기는 어려워진다. 그래서 타인의 렌즈로도 자신을 가끔 들여다볼 필요가 있는 것이다.

반면에 타인은 모르는데 자신만 아는 부분이 부정적이면 부정적일수록 자존감은 무너진다. 남들 눈에는 멀쩡해 보여도 자신을 바라보는 자신의 렌즈에 불행과 불운 실패의 얼룩이 가득한 사람들에게는 그 렌즈를 깨끗하게 닦아주는 것이 퍼스널 이미지 컨설팅의 첫 번째 단계여야 한다. 내면 이미지 바라보기가 외면 이미지보다 먼저여야 하는 이유다.

● 나는 어떤 사람인가요? (아래에 자유롭게 적어주세요)

	자신은 안다	자신은 모른다
타인은 안다		
타인은 모른다		

▷04 : TPO에 맞는 색시(色時)한 이미지 메이킹이 필요한 시대

'이미지(Image)'는 사전적 의미로 어떤 사람이나 사물로부터 받는 느낌을 뜻한다. '심상', '영상', '인상' 등으로 표현된다. '개인의 이미지'는 '상대에게 비치는 자신의 형상(形像)'이다. 다시 말해서 이미지는 자신이 아니라 타인이 느끼고 결정하는 것이다. 하지만 전략적인 이미지란, 자신이 컨트롤하는 것으로 '내가 타인에게 공개하도록 허락한 나의 부분들의 총집합'이라고 할 수 있다.

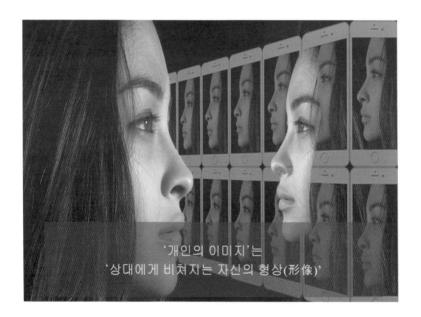

'개인의 이미지'는
'상대에게 비쳐지는 자신의 형상(形像)'

색시(色時)한 이미지메이킹이란 의미는, 시간과 장소 그리고 경우에 맞게 하는 이미지 즉, T(Time), P(Place), O(Occasion)에 어울리는 전략을 한자로 표현해본 것이다. 사회적 존재로서의 한 개인은 자신이 의도하든 의도하지 않든, 상대에게 비치는 외적 이미지가 곧 자신의 정체성으로 굳어진다. 하물며 국가를 대표하는 정상이나 퍼스트레이디처럼 국민이나 세계인들에게 투사되는 이미지에 의해 영향을 많이 받는 경우는 물론이고 현대사회에서는 사회 구성원이라면 누구나 퍼스널 이미지 브랜드가 전략적으로 필요하다.

함께 해봐요

● 내가 원하는 이미지를 구체적으로 설명해볼까요?

잘 모르겠다면 가장 닮고 싶은 롤 모델은 누구인지 그리고 어떤 이미지를 갖고 있는지 생각해보면 도움이 될 거예요.(아래 공간에 자유롭게 적어주세요)

분명한 개인 브랜드 이미지

염세적인 철학자로 유명한 쇼펜하우어는 혼자 식당에 가도 꼭 2인분의 식사를 주문했다고 한다. 자신의 앞자리에 아무도 앉지 못하게 하기 위해서였다. 그뿐만 아니라 프랑스 황제 나폴레옹이 주최한 연극 후에는 나폴레옹을 극찬하는 귀족들을 신랄하게 비판하기도 했다는 일화도 있다. '인간은 다른 사람처럼 되고자 하기 때문에 자기 잠재력의 4분의 3을 상실한다.' 라는 명언을 남긴 그의 말처럼 나다운 것, 자기다움으로 자신의 잠재력을 최대한 발휘하는 것이 퍼스널 이미지 브랜딩에서는 무엇보다 중요하다.

자신의 인지도를 높이고 싶어 하는 사람들

개인의 퍼스널 이미지를 효과적으로 구축하기 위해서 개인을 하나의 브랜드처럼 체계화하여 지속적인 관리를 할 필요성이 강조되고 있는 가운데 퍼스널 브랜드는 기업뿐 아니라 자신을 알리고 인지도를 높이고 싶어 하는 사람들에게 중요한 키워드로 인지되고 있다. 또 자신의 전문적인 콘텐츠를 구축해야 하는 기업의 문화가 확산하면서 SNS를 통한 퍼스널 이미지 전략으로 브랜드 가치를 높이는 사회적 관심은 더욱 고조되고 있는 현상이다. 브랜드 가치가 높은 사람들은 부의 축적에 가속도가 붙기 때문이기도 하다.

자신의 이름 석 자로 우뚝 서는 브랜딩 시대

퍼스널 브랜딩이 점점 중요해지고 있는 요즘, 유튜버 등 1인 미디어를 통해 자신의 브랜드를 높이는 사람들이 많아지고 있다. 이제는 자신의 소속보다는 자신이 브랜드인 시대라고 할 수 있다. 인지도 높은 직장이라는 프레임 덕분에 자신의 브랜드까지 상승효과 하는 경우가 적지 않다. 하지만 인터넷 발달로 특화된 자신만의 세계가 있다면, 직장의 후광 없이 자신의 이름 석 자만을 갖고도 브랜딩이 가능한 시대가 바로 지금이다. 특히 동네에서 살림 잘하기로 소문난 똑소리 나는 주부라면 1인 미디어에 도전 시 성공 확률이 높다.

무엇을 하는지에 관심 갖는 덕질 하는 덕후

그래서 그런지 요즘에는 '어디에 다니는지' 보다는 '무엇을 하는지'에 더 관심을 갖는 것 같다. 한 분야에 덕질하는 덕후라면 자신만의 콘텐츠로 고정 팬덤 층을 형성할 수도 있다. 여기서 덕질이란 '어떤 분야를 열성적으로 좋아하여 그와 관련된 것을 모으거나 파고드는 일'을 의미한다. 그리고 덕후란 '어떤 분야에 몰두해 전문가 이상의 열정과 흥미를 가지고 있는 사람'이라는 긍정적인 의미로 사용된다. 일본어 오타쿠(御宅)를 한국식으로 발음한 '오덕후'의 줄임말이기도 하다.

인간의 소통 및 표현 욕구를 반영하는 문화 '1인 방송국'

'1인 미디어'라는 말을 자주 듣는다. 하지만 정작 정확한 의미는 잘 모르는 경우도 적지 않다. 1인 미디어는 개인 혼자서 콘텐츠를 기획해 제작하고 유통하는 것을 말한다. 1인 미디어는 인터넷을 통해 누구나 스타가 될 수 있고 누구나 기자와 PD가 될 수 있으며, 방송국을 운영할 수 있다는 가능성을 제공한다. 1인 미디어는 인간의 소통 욕구와 표현 욕구를 나만의 무늬와 방식으로 충족시키고 반영하는 현대의 문화적 표현 양식이다.

블로그나 페이스북 같은 소셜미디어와 영상 콘텐츠

1인 미디어는 블로그나 트위터 그리고 페이스북 같은 소셜미디어를 포함하는 의미라고 할 수 있다. 1인 미디어는 디지털 콘텐츠 창작 환경이 구현됨에 따라 인터넷상에서 개인화된 서비스인 미니홈피나 블로그와 같은 정보 기반의 서비스와 트위터, 페이스북 등 소셜미디어를 포괄하는 개념이다. 1인 미디어 가운데 1인 방송은 텍스트가 아닌 오디오와 영상을 통한 콘텐츠를 제공하는 서비스를 의미한다고 한다.

1인 방송국의 '1인 크리에이터'

유튜브에서는 일반적으로 동영상을 생산하고 업로드하는 창작자를 '크리에이터(Creator)'라고 칭한다. 직역하면 '창조주'라는 뜻으로도 읽힐 수 있는 '창작자'라는 뜻이다. 1인 방송 제작자에게 크리에이터라는 명칭을 쓰는 것은 단순히 동영상의 창작가가 아니기 때문일 것이다. 자신이 만든 동영상을 매개로 자신들의 팬 커뮤니티를 만들어 가는 커뮤니티의 창조자 역할도 광범위하게 한다.

젠틀한 매너와 대중적 웃음으로 매혹시킨 인기 크리에이터

1인 미디어 크리에이터의 영향력이 강해지는 만큼 크리에이터들의 매너의 중요성도 점점 커지고 있다. 연간 20억 원대의 수익을 창출하는 한 크리에이터가 있다. 그의 성공요소 중 하나가 바로 젠틀한 매너였다고 한다. 자극적인 콘텐츠로 구독자들의 관심을 구걸하는 저급한 방법을 쓰지 않았다는 것이다. 대신 매너를 가지고 대중적인 웃음을 지향했다고 한다. 그러다 보니 대중들이 자연스럽게 인정을 해주고 구독자 수도 늘고 수익 창출도 기대 이상으로 늘었다고 한다. 그만큼 매너는 퍼스널 브랜딩 차원에서의 1인 미디어에서도 기억하고 지켜야 할 성공요소 중 하나다. 당장의 인기나 트래픽에 연연해서 콘텐츠를 만들면 스스로 함정에 빠지게 된다. 매운맛에 익숙한 시청자들은 순한 맛을 재미없게 느끼거나 아예 떠나버린다. 그러므로 매너 있는 건강한 콘텐츠를 만드는 것이 장기전에 유리하다고 전문가들은 조언한다.

박영실 Image Branding

http://www.youtube.com/c/박영실ImageBranding

이제는 나도 유튜버

개인적으로 방송 경험이 적은 편은 아니다. KBS 같은 공영방송부터 종편 방송 그리고 대학의 방송강의부터 대기업 사내방송까지 20

여 년 동안 어림잡아서 수백 회 이상 되는 것 같다. 하지만 1인 미디어방송 차원에서는 나 또한 새내기다. 최근에 유튜브에 내 채널을 갓 개설했다. 채널명은 고민 끝에 [박영실 Image Branding]으로 정했다. 그동안 내가 오프라인에서 임직원들 대상으로 했던 매너와 이미지 교육 중에 가장 핵심적인 부분들을 구독자들과 공유할 예정이다. 주변에 신뢰받고 있는 1인 크리에이터들의 조언을 토대로 시간이 갈수록 믿음이 가는 채널로 만들고 싶다. 그래서 구독자들이 내 채널을 유쾌한 습관처럼 방문하고 기분 좋게 공유하고 싶어지는 채널로 남고 싶다.

함께 해봐요

● 나의 유튜브 채널 및 소셜네트워크서비스는 자신을 얼마큼 닮아있나요?

나를 전혀 모르는 타인이 봤을 때 어떤 이미지로 비칠까요? (아래 공간에 자유롭게 적어주세요)

현실의 자신과 꿈꾸는 자신을 보게 만든 클레멘트 코스

1995년 미국의 인문학자 얼쇼리스 교수의 '클레멘트 코스(Clemente Course)'는 교육학부 수업에서 내가 학생들에게 강조하는 것 중에 하나다. 빈민을 상대로 한 이 과정의 31명 중 17명이 1년 후 수료증을 받았고, 수료생 중 14명은 심사를 거쳐 학점을 취득했다. 이들 중 2명은 공부를 계속하여 치과의사가 됐고, 전과자였던 여성은 약물 중독자 재활센터의 상담실장이 되었다는 기사를 본 적이 있다. 놀라운 결과다. 수료증 외에는 아무것도 보장하지 않는 수업이었지만 절망에 빠진 이들에게 클레멘트 코스는 자기 성찰을 하게 해주고 꿈을 꾸게 만들었다. 교육을 통해 학생들은 자존감을 조금씩 되찾을 수 있었다. 그러면서 현실의 자신과 원하는 자신을 조금 더 잘 설명할 수 있게 되었다. 그뿐만 아니라, 지금 지치고 힘든 자신의 삶을 조금만 극복하면 자신이 원하는 삶으로 자신의 두 발로 들어갈 수 있음을 깨닫게 되었고 도전할 수 있게 했다.

포스트 코로나 시대 자신의 결과 향을 담은 외면이미지도 필수

내 수업 오리엔테이션 때는 일반적으로 수업의 전반적인 개요를 설명하고 학생 상호 간의 간단한 소개 시간을 갖는다. 이번에는 강의장에서 학생들을 만날 수 없었기 때문에 학생들 상호 소개를 동영상으로 대체했다. 전반적으로 좋았지만, 일부 아쉬운 것도 있었다. 셀프로 자기 자신은 많이 찍어봤어도 동영상으로 자신의 모습을 촬영할 일이 거의 없었기 때문에 온라인 속에서 재생되는 낯선 또 다른 자신을 보고 의기소침해지기도 한다. 포스트 코로나 시대에는 타인을 면대 면이 아니라 온라인으로 만날 일이 더 빈번해질 거라는 짐작은 틀리지 않을 것이다. 결국, 사각형의 컴퓨터 프레임 안에 비친 나도 진짜 자신처럼 보이도록 자신의 결과 향을 닮은 아이 콘택트와 태도 그리고 화법으로 빛의 조명을 밝혀야 한다. 자신의 결과 향을 담은 외면 이미지도 필수이기 때문이다.

함께 해봐요

● 면접을 본다고 생각하고 휴대폰으로 1분 자기소개 영상촬영을 해보세요.

아이 콘택트와 표정 그리고 화법과 태도는 자신이 생각한 바로 그 이미지인가요? (좋은 점과 아쉬운 점을 아래 공간에 자유롭게 적어주세요)

확찐자들 뭉치면 죽고 흩어지면 산다?

'뭉치면 살고, 흩어지면 죽는다.'가 아니라 요즘에는 사회적 거리 두기 때문인지 '뭉치면 죽고 흩어지면 산다.'라는 말을 하기도 한다. '돌밥돌밥'도 주부들 사이에서 유행인데, 그 의미가 '돌아서면 밥 차리고, 돌아서면 또 밥 차린다.'라고 한다. 이처럼 밥은 많이 먹는데 집에만 있다 보니 살이 확 쪘다는 의미를 담아, 코로나19 감염 '확진자'와 어감이 비슷한 '확찐자'란 단어도 유행이다. 지인이 SNS로 보내준 확찐자 이동 경로를 보면 식탁 → 소파 → 냉장고 → 소파 → 식탁 → 침대 → 냉장고 → 침대'순이라고 한다. 코로나 블루를 유머로 극복하고자 하는 사람들의 노력에 웃프다는 사람들이 늘고 있다. 사람과 사람 사이 접촉(Contact)이 사라진다는 의미인 '언택트(Untact)'란 단어도 '언택트 면접'이나 '언택트 사회'등에서 어렵지 않게 본다. 시대의 흐름에 맞춰 나 또한 방송이나 칼럼에서 '언택트 맞춤형 면접 기술'에 대해 종종 소개했다. 수년 전 "바이러스는 핵무기보다 쉽게 많은 사람을 죽일 수 있다. 세계 국가들이 전쟁을 준비하는 것처럼 대비하지 않으면 바이러스 대유행으로 가까운 미래에 수천만 명의 생명을 앗아갈 수 있다."라고 경고한 빌 게이츠 마이크로소프트 창업자의 선견지명을 대수롭지 않게 여긴 대가를 세계가 너무 혹독하게 치르는 것 같다. 뉴노멀 시대를 맞이해 모든 것이 온라인으로 이동하는 시점에서 퍼스널 이미지 브랜딩도 조금 더 유연한 전략이 필요하다.

장삿속 가짜 퍼스널 브랜딩에 목메는 사람들

자신을 바라보는 자신의 렌즈를 깨끗하게 닦아주는 내면 이미지 성찰 단계 없이 그냥 훌쩍 자신의 인지도를 넓히고자 발버둥 치는 사람들을 보면 안타깝다. 그런 사람들을 노리는 사기꾼들이 판치는 무서운 요즘 세상에 그들은 그야말로 먹잇감이다. 네이버 인물 등록을 높이는 방법부터 검색 추이를 높이는 방법 그리고 책이나 언론 기사, 영상 제작까지 일정 금액을 입금해주면 대신해준다는 어두운 속삭임들에 관심을 갖는 사람들에게 해주고 싶은 말이 있다. '자신이 스스로 먼저 소개하고 설명할 수 있는 힘과 근육을 키우는 것이 순리입니다!' 아무리 맛나고 좋은 음식도 급하게 먹으면 체하듯이 브랜드 평판이라는 것은 싹을 트는 순간을 기다리는 인내의 시간도 필요하고 타인이 인정의 고개를 끄덕이기까지 자신의 노력이 씨앗이 되어야 한다는 말을……

대상에 따라 다른 호감을 주는 이미지는 타깃층

호감을 주고 선호하는 얼굴은 세대마다 계층마다 다르다. 그뿐만 아니라 선호하는 이미지도 다르다. 그런데 광고모델이 아닌 일반인 인 우리 입장에서 중요한 것은 누구에게 호감을 줄 것인가의 문제 다. 과연 누구에게 먼저 잘 보이고 싶을까? 애인 또는 가족일 수도 있고 이웃사촌일 수도 있다. 혹은 직장 동료나 상사일 수도 있다. 하 지만 그보다 먼저 거울 속에 비친 바로 자신이 호감을 느끼는 것이 중요하지 않을까 싶다. 이미지는 얼굴 같은 외적 이미지뿐만 아니 라, 생각과 철학 같은 내적 이미지를 포함한다. 그렇기 때문에 호감 을 주는 이미지를 주고 싶다면 얼굴만 바꾼다고 되는 것이 아니다. '위스키'를 외치면서 스마일 라인을 만들고 미소만 바꾼다고 되는 것도 아니다. 호감을 주는 이미지는 기본적으로 자신이 생각하는 방 향이 고스란히 스며들기 때문이다. 그래서 아무리 이목구비가 아름 다워도 매사에 부정적인 생각을 갖고 있는 사람의 눈빛에서는 호감 을 찾기 어렵다.

긍정적으로 자신을 바라보는 연습

인물사진을 잘 찍는 대가에게 그 비결을 물으니 대답은 아주 간단 했다. "피사체를 먼저 사랑하는 거지요!" 맞는 말이다. 누군가에게 호감을 얻고 싶으면, 가장 좋은 방법은 먼저 호감을 주어야 한다. 거 울 속에 비치는 상대, 바로 자신도 그렇다. 단춧구멍처럼 작은 찢어진 짝짝이 눈에 넓적한 코, 거기에 불쑥 솟아오른 촌스러운 광대까지 어디 한구석 예쁘지 않을 수 있다. 하지만 자신을 바라보는 생각의 불순물, 부정적인 생각을 바꾸지 않는 한 호감 주는 이미지는 포기해야 한다. 부족한 부분은 그대로 인정하자. 그리고 거울을 웃게 해보자. 거울을 웃게 하려면 자신이 먼저 웃어야 한다. 미소를 지으며 자신의 괜찮은 부분들에 모든 감각을 초집중해보자. 계속 뚫어지게 거울을 보다 보면 분명 한두 개가 불쑥불쑥 튀어나올 것이다. 미소 지을 때마다 생기는 작은 보조개가 예쁠 수도 있다. 또는 웃을 때마다 드러나는 건강한 치아가 눈에 들어오기 시작할 수도 있다. 이렇게 자신의 미소가 어색해지지 않고 예뻐 보이기 시작하는 시점이 온다.

거울이 웃을 때까지 한걸음 한걸음

아직 그 시점이 오지 않았다면 그 시점이 올 때까지 조금만 더 거울을 웃게 해보자. 우스갯소리일 수도 있지만, 일리가 있는 이야기가 있다. 인디언들은 기우제를 지낼 때마다 비가 온다고 한다. 그 비결은 무엇일까? 비가 올 때까지 기우제를 지내는 노력과 인내가 있기 때문이다. 자신을 긍정적으로 바라보는 것은 사실 쉽지 않다. 어느 누군가에게는 평생이 걸릴 수도 있을 만큼 가볍지 않은 인생의 숙제다. 시간이 걸리겠지만 차근차근 거울을 웃게 해보자. 가뭄 때 인디언들이 비가 올 때까지 기우제를 지내는 마음으로. 그리고 가장 중요한 것은 호감을 주는 이미지가 되기 위한 노력은 궁극적으로 자신을 위한 것이다. 자신을 통째로 타인의 프레임에 맞추는 것은 절대 아님을 기억하자.

함께 해봐요

● 거울 속에 비친 자신의 가장 아름다운 미소를 찾아보세요!

치아가 보이지 않는 미소, 윗니 4개 정도가 보이는 반미소, 활짝 웃는 스마일을 휴대폰으로 각각 1장씩 찍어서 비교해보세요!

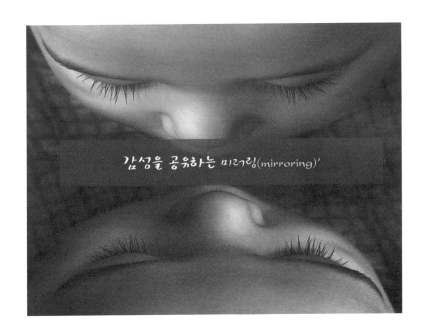

감성을 공유하는 *미러링*(mirroring)'

호감을 주는데 효과적인 미러링

우리는 보통 외모가 매력적일 때, 출신이나 관심사가 비슷할 때, 상대가 자신을 좋아한다고 느껴질 때, 그리고 상대가 자신과 비슷하다고 느낄 때 상대에게 호감을 느끼며 돕고 싶어 한다. 그래서 상대방의 모습을 거울처럼 그대로 비춰주는 '미러링(mirroring)' 방식이 호감을 주기에 효과적이다. 그래서 이 미러링은 대표적인 판매 기술로도 활용되고 있다. 이 미러링은 비단 판매에서뿐만 아니라 일상에서 상대의 호감을 끌어내는 데도 효과적이다. 미러링을 가장 잘하는 사람이 있다. 바로 '슈퍼맨이 돌아왔다'에서 카메라 감독의 '레디 고' 액션을 그대로 따라 하며 시청자에게 웃음을 주는 건후가 아닐까 싶다.

상대방의 행동이나 말투를 그대로 따라 하는 미러링

상대의 제스처와 말투 등을 세심하게 파악할 때만 호감을 주는 미러링이 가능하다. 만약 상대가 아주 천천히, 그리고 나직이 말하면서 손뼉을 치며 말하면, 자신도 천천히, 그리고 나직이 이야기하며 이따금 손뼉을 치는 거다. 또는 상대가 말을 빠르게 하다가 커피를 마신다면 자신도 같은 타이밍에 커피를 마시고 말의 속도를 조금 빠르게 하는 것이 미러링이다.

상대와 속도를 맞춤으로써 정서를 공유하는 미러링

오늘은 대화하면서 상대가 환하게 미소 지을 때 자신도 시원하게 미소를 지어보자. 그것이 바로 굿타이밍의 효과적인 미러링이다. 미러링을 통해서 상대는 공통점을 발견하고 호감을 느끼게 된다. 그럼으로써 호감의 문이 열릴 확률도 한 뼘 더 커지는 거다. 비록 자신이

황금비율의 미인이 아니라 하더라도 괜찮다. 상대방에게 진심으로
대하는 마음과 건후처럼 순수하게 미러링하는 노력만 있다면 얼굴
은 은은한 광채로 빛날 테니까.

함께 해봐요

● 호감이 있는 대상을 찾아서 가장 자주 하는 행동과 표정을 미러링 해
볼까요?

미러링하는 자신의 모습을 휴대폰으로 촬영해서 비교해보세요!

▶05 ▌ 말로 나를 설명하는 힘

　　승진이나 수상 등 감사해야 할 일이 많아진 분들이 하는 고민이 있다. 바로 감사한 마음을 제대로 상대에게 설명하고 싶은데 그것이 생각보다 쉽지 않다는 점이다. 개인적으로도 감사를 제대로 전달하는 것이 쉽지 않지만, 특히 공식적으로 많은 사람 앞에서 감사함을 전달하는 것이 어렵다. 특히, 수상소감을 해야 할 경우에는 더욱 생각이 많아진다. 미리 원고를 써놓기도 하는데, 그대로 읽으면 식상할 것 같고 외우자니 혹시 기억이 안 날까 봐 걱정이 앞선다. 수상 소감 멋지게 하는 사람들처럼 짧지만, 존재감을 확실히 살리고 싶은데 많은 사람 앞에서는 눈앞이 캄캄해진다.

　브랜드 평판이 좋은 사람들을 보면 소감 하나 이야기하는 것도 멋스럽고 정감이 간다. 그들에게는 특별한 비법이 있는 걸까? 그렇다. 소감 스트레스에서 구원해 줄 소감 공식이 있다.

수상 소감 스트레스에서 구원해주는 소감 공식 APEC

　오랫동안 많은 대중 앞에서 강의해온 나조차도 수상소감을 해야 할 때마다 늘 긴장되는 것은 마찬가지다. 한 시간 이상 진행하는 강의와 5분 이내의 짧은 소감 전달은 다르기 때문이다. 그럴 때마다 기억하는 4단계가 있다. 소감 스트레스에서 구원해 준 소감 공식 'APEC' 이다. APEC은 아시아 태평양 경제협력체(APEC: Asia-Pacific Economic Cooperation)와 머리글자는 같되 의미는 다르다.

APEC의 각 단계별 의미 제대로 알기

A(Attention) : 관심 끌기, P(Point) : 핵심 주기, E(Example) : 사례 풀기, C(Conclusion) : 정리하기 총 4단계다. 2020년 새해 1월 5일에 한국 영화 최초로 골든 글로브 외국어영화상을 수상한 '기생충'의 봉준호 감독의 수상 소감에도 자세히 보면 APEC이 들어가 있다.

[기생충] 봉준호 감독의 자신 설명

"놀라운 일입니다. 믿을 수 없네요. 저는 외국어로 영화를 만드는 사람이라, 통역이 여기 함께 하는 것을 이해 부탁드립니다. 자막의 장벽은 사실 장벽도 아닙니다. 1인치 정도 되는 자막을 뛰어넘으면 여러분들이 훨씬 더 많은 훌륭한 영화를 만날 수 있다고 생각합니다. 오늘 함께 후보에 오른 페드로 알모도바르 그리고 멋진 세계 영화감독님들과 함께 후보에 오를 수 있어서 그 자체가 이미 영광입니다"라고 소감을 말했다. 이어서 영어로 "I think we use only one language, Cinema"(우리는 하나의 언어를 쓴다고 생각한다. 바로 영화라는 언어다)라고 덧붙였다.

APEC으로 살펴본 관심 끌기, 핵심 주기, 사례 풀기, 정리하기

그럼 봉준호 감독의 수상소감에 어떤 부분이 관심 끌기, 핵심 주기, 사례 풀기, 정리하기 인지 살펴보자.

A(Attention) : **관심 끌기** – 놀라운 일이다. 믿을 수 없다. 나는 외국어로 영화를 만드는 사람이라, 통역이 여기 함께 있다. 이해 부탁드린다.

P(Point) : **핵심 주기** – 자막의 장벽, 장벽도 아니다. 그 1인치의 장벽을 뛰어넘어보자.

E(Example) : **사례 풀기** – 1인치 정도 되는 자막을 뛰어넘으면 여러분들이 훨씬 더 많은 훌륭한 영화를 만날 수 있다. 오늘 함께 후보에 오른 페드로 알모도바르 그리고 멋진 세계 영화감독님들과 함께 후보에 오를 수 있어서 그 자체가 이미 영광이다.

C(Conclusion) : **정리하기** – 우리는 하나의 언어를 쓴다고 생각한다. 바로 영화라는 언어다.

KBS 연기대상 수상 배우의 설명

'2019 KBS 연기대상'에서 '동백꽃 필 무렵'으로 최우수상과 네티즌상을 받은 탤런트 강하늘의 수상 소감에도 찬찬히 보면 APEC 4단계가 스며들어 있다. 강하늘 씨의 네티즌상 수상 소감은 이랬다. "2003년 네티즌상 첫 수상자가 공효진 씨였는데, 2019년에 내가 받아서 기쁩니다. 많은 사랑 받은 만큼 네티즌들에게 돌려줄 수 있도록 노력하겠습니다. 이 상을 받을 수 있었던 건 동백 씨(공효진) 덕분이에요. 동백 씨~ 오늘은 셔터 내리고 까멜리아에서 기다려 주세유."

APEC으로 본 설명 공식

A(Attention) : **관심 끌기** – 2003년 네티즌상 첫 수상자가 공효진 씨였는데.

P(Point) : **핵심 주기** – 2019년에 내가 받아서 기쁘다.

E(Example) : **사례 풀기** – 많은 사랑 받은 만큼 네티즌들에게 돌려줄 수 있도록 노력하겠다.

C(Conclusion) : **정리하기** – 이 상을 받을 수 있었던 건 동백 씨(공효진) 덕분이다. 동백 씨~ 오늘은 셔터 내리고 까멜리아에서 기다려 달라.

감성을 사로잡는 유머를 살짝 넣으니까 전체적인 수상소감이 더 부드럽게 기억에 남았다.

함께 해봐요

● 자신이 원하는 분야에서 수상을 했다고 상상해 보고,

APEC으로 감사함을 설명해볼까요!

A(Attention) : 관심 끌기 –

_____

_____

P(Point) : 핵심 주기 –

_____

_____

E(Example) : 사례 풀기 –

_____

_____

C(Conclusion) : 정리하기 –

_____

_____

진정성과 유머를 모두 담아 자신을 설명

진정성과 유머라는 두 마리 토끼를 모두 다 잡은 수상 소감이 또 있다. MBC연예대상에서 3수 끝에 연예 대상 수상에 성공한 개그우먼 박나래의 수상 소감이다.

"솔직히 이 상은 제 상이 아니라 생각했지만, 너무 받고 싶었습니다. 저도 사람이니까요. 저는 키가 148cm라 항상 바닥에서 위를 우러러보는 게 행복해요. 어차피 키가 작아서 높이도 못 가지만 항상 낮은 자세로 임하겠습니다!"

이처럼 진정성에 유머라는 양념을 한 스푼 더 넣은 수상소감은 청중들의 마음에 각인을 시키는 힘이 있다.

골든디스크 어워즈 제작자상의 자기 설명

'골든디스크 어워즈'에서 '제작자상'을 수상한 방시혁 대표의 수상 소감을 보자. 그룹 방탄소년단이 몸담고 있는 빅히트 엔터테인먼트 방시혁 대표는 이렇게 수상 소감을 했다.

"올해 빅히트가 15주년을 맞는데 이렇게 의미 있는 상을 받게 돼 너무 기쁘고 모든 분들에게 감사합니다. 2019년을 돌아보면 많은 일들이 있었습니다. 특히 한국의 좋은 음악과 콘텐츠가 세계의 무대와

차트에서 인정받으며 많은 분들에게 사랑을 받아 더욱 뜻깊은 한 해였습니다.

반면 슬프고 안타까운 소식도 많았던 것 같습니다. 제작자로서 더 좋은 음악 환경을 만들어야 한다는 책임을 깊이 통감한 한 해였습니다. 이 상은 음악을 사랑하는 이들을 위해 더 좋은 환경을 만들라는 채찍질로 받아들이겠습니다."라고 제작자로서의 소신을 덧붙였다.

좋은 수상소감은 역시 노력의 자기 설명

아울러 세계적인 시상식의 수상 소감을 챙겨보면 좋다. 센스 있는 수상소감을 연구하는 데 도움이 많이 되기 때문이다. 자신만의 결이 담긴 수상소감이 향기롭다. 그래서 자신의 스타일과 결에 가장 잘 어울리는 소감 스타일을 찾는 것이 중요하다. 그리고 최소 10번 이상 거울 앞에서 몸짓과 함께 리허설을 해본다면, 감사함을 전하는 소감의 향기가 상대의 마음에 고스란히 전해질 것이다.

긍정 마음, 진정한 인생의 대상 수상자로 만들어주는 씨앗

사람들은 고난을 극복한 사람들의 수상 소감에 더 감동을 받는다. 고난이 크면 클수록, 사람들이 받는 감동도 커진다. 고난을 극복해내며 이룬 성공이 더 크게 보이기 때문이다. 앞으로 기쁜 일만 생기면 좋겠지만 혹여 고난이 닥치더라도 긍정 에너지를 발휘해보자. 행복의 한쪽 문이 닫힐 때, 다른 한쪽 문은 열린다는 믿음으로. 그런 긍정 마음이 자신을 진정한 인생의 대상 수상자로 만들어주는 씨앗이 아닐까 싶다.

상대의 마음과 귀를 여는 매력

사람이라면 누군가에게 영향력을 주고 싶어 할 것이다. 그러기 위해서는 타인의 마음과 귀가 자연스럽게 열릴 수 있는 매력이 있어야 한다. 내적이든 외적이든 매력이 있는 사람들의 말 한마디 한마디에는 귀를 기울이는 사람들이 많기 때문이다.

누구나 되고 싶고 닮고 싶은 퍼스널 이미지가 있을 수 있을 텐데, 노력하면 완벽하지는 않더라도 비슷해지는 것이 가능할까? 자신이 어떤 '퍼스널 이미지 브랜드'를 가질 것인지에 대한 구체적인 목표가 설정되면, 완벽하지는 않더라도 비슷한 느낌을 줄 수 있다. 하지만 실천에 앞서 노력과 함께 마인드 컨트롤하는 것이 중요하다.

모임의 특성을 파악한 30초의 예술, 건배사

모임의 특성을 파악한 30초의 예술, 건배사

모임이 다가오면 혹시나 하게 될지도 모르는 건배사 때문에 고민하는 경우가 적지 않다. 분위기를 살리면서도 센스 있는 건배사를하는 사람들을 보면 모임에서 주목을 받게 된다. 30초의 예술이라고도 하는 건배사, 사실 알고 보면 그냥 나오는 것이 아니다. 사전에모임의 특성을 잘 파악하고 건배사를 준비하는 경우가 많다. 얼마전, 최고경영자과정 중 건배사 하는 방법을 진행하다가 학습자들이했던 건배사가 지금도 기억에 남는다. 자리에 마주 보고 있는 사람들을 향해 '마당발'을 외친 건배사였다. 마당발의 의미는 바로 '마주 앉은 당신의 발전을 위해 건배!'라는 의미를 지니고 있다.

분위기를 살려주는 센스 있는 영어 건배사

센스 있는 건배사는 분위기를 살려줄 뿐 아니라 마음을 이어주는 힘이 있다. 얼마 전에 지인이 했던 영어 건배사는 지금도 생생하다.

"21세기는 글로벌 시대인 만큼 저도 건배사를 영어로 할까 합니다. 제가 제안을 하면 여러분은 마지막에 제가 말하는 한 단어만 복창해주시면 고맙겠습니다. Ladies and Gentleman! 원샷!" 생각지도 못한 유쾌한 이 건배사에 학습자들 모두 "원샷!"이라고 복창을 하면서 분위기가 화기애애해졌다. 이처럼 건배사는 분위기를 살려주고 함께하는 이들의 마음을 하나로 묶어주는 힘이 있다. 또 센스 있는 건배사를 한 사람의 이미지는 와인보다 진한 향을 남긴다.

비전과 전략을 공유하는 성공 비즈니스의 동력, 건배사

특히 비즈니스를 하는 분들에게는 건배사의 중요성이 더욱 크다. 센스 있는 건배사는 성공 비즈니스의 동력이 될 수도 있기 때문이다.

비즈니스의 비전과 전략을 공유하는 스마트한 건배사는 비즈니스에 탄력을 주는 경쟁력이다. 건배사를 통해 본인이 하는 비즈니스의 비전과 전략을 소개함으로써 시너지효과를 추구하는 경우를 종종 본다. 나 같은 경우는 이미지와 매너의 중요성을 건배사를 통해 강조한다. 예를 들어서 "이미지와 매너는 여러분의 성공 비즈니스에 날개를 달아주는 동력이 될 겁니다. 제가 '이미지' 하면 여러분은 'UP! UP! UP!' 을 세 번 외쳐주세요!"라고 하면 분위기도 업 되는 편이다.

비즈니스 분야에 따라서 다른 인기 건배사

증권가나 주식투자자 사이에서는 '상한가(상심 말고 한탄 말고 가슴 펴자)' 가 많이 활용된다. 부동산에 관심이 있는 사람들 사이에서는 '재치 있고 개성 있게 발전하는 사람이 되자' 라고 외치면 '재개발' 이라고 하는 경우가 많다. 얼마 전에 참석했던 한 모임에서는 주최자가 '재미나게 건강하게 축하받을 일을 하며 살자' 라고 외치고 우리가 '재건축' 이라고 화답했었는데 분위기가 살았다. 고객서비스에 관심 있는 모임에서는 고진감래(고객을 진심으로 대하면 감동으로 돌아온다)도 인기 있는 건배사다. 또 '따스함' 도 많이 사용되는 건배사로 그 의미는 따뜻한 마음과 스마일 표정으로 고객과 함께 하자라는 의미다.

상대에 대한 불신에서 시작된 건배의 유래

아이러니하게도 상대에 대한 불신이 건배의 유래다. 호스트와 손님이 동시에 술을 따라 건배하는 것은 이유가 있었다. 술잔을 상대방과 부딪쳐 술이 넘나들게 함으로써 독살에 대한 의심을 없애게 한 데서 유래했다. 즉, 독주(毒酒)가 아닌 것을 입증하기 위한 것이라는 등 여러 설(說)이 있다. 그러나 현시대에는 술잔을 맞대어 소리를 내는 것은 서로의 마음이 통한다는 뜻의 상징으로 본다. 러시아 연방 카프카스 지방에서는 잔을 든 팔을 서로 걸고 마신다. 중국에서는 술잔을 비우고 다 마셨다는 증거로 술잔을 거꾸로 하는 습관이 있다. 건배할 때의 말이나 방식도 문화마다 다르다. 하지만, 영어권(cheers), 독일어권(prost), 불어권(Sante), 이탈리아(Salute) 등 대부분의 건배사는 상대방의 건강과 행운을 기원하는 의미를 담고 있다는 공통점이 있다.

기억에 남는 영화 속 건배사

교육을 진행할 때마다 학습자들에게 가장 기억에 남는 건배사를 물으면 단연코 '카사블랑카'가 대세다. 영화 '카사블랑카'에서 험프리 보가트가 잉그리드 버그먼과 잔을 부딪치며 속삭인 명대사,

'Here's looking at you, kid.', '당신의 눈동자에 건배'라는 건배
사는 우리의 감성을 온통 흔들어 놓는 힘이 있나 보다. 그래서 이 건
배사를 따라 해본 사람도 많을 것 같다.

가볍게 할 수 있는 반응 좋은 건배사

회식 자리에서 가볍게 할 수 있는 건배사로는 나가자(나도 잘되고 가
도 잘되고 자도 잘되고), CEO(시원하게 이끌어주는 오너), 명승부(명년에는 승
진하고 부자 되자), 응답하라(선창)-보너스(후창), 마돈나(마시고 돈 내고 나
가자) 등이 있다. 이 밖에도 비행기(비전을 갖고, 행동으로 옮기고, 기동차게
일하자), 주전자(주인의식을 갖고 전문성을 갖추고 자신 있게 살자) 등이 반응
이 좋은 편이다.

위하여! 삼행시! 스토리! 3가지 건배사 스타일

건배사는 총 3가지 스타일로 구분할 수 있다. 첫 번째로 가장 많이
하는 '위하여' 스타일! 두 번째로 독특한 '삼행시' 스타일! 세 번째
로 감동의 '스토리' 스타일이다. '위하여 건배사'는 많은 사람에게
가장 익숙한 스타일이다. "위하여"로 건배사를 할 때에는 3번 외치
게 해서 차별화하는 것도 분위기를 고조시키는 데 효과적이다. 건배

제의를 하는 호스트의 명확하고 힘찬 음성조절이 중요함을 기억하는 것이 좋다.

건배사를 할 때 가장 중요한 것은 타이밍

건배사를 할 때 또 하나 중요한 것이 바로 타이밍이다. 술잔을 모두 들게 한 후에 건배사를 너무 길게 하는 경우가 있는데 가장 피해야 할 부분이다. 그러니 건배사의 의미가 있다면 먼저 충분히 설명하고 난 후에 잔을 다 함께 들어 건배하는 타이밍을 호스트가 확실하게 알려주는 것이 필요하다. 직장인들에게 회사 모임에서 가장 스트레스 받는 순간 중 하나가 바로 어떻게 보면 건배사일 수 있다.

자신의 결과 향이 담긴 자신을 닮은 건배사

최근 직장인들 사이에서 회식의 분위기보다는 직원들의 기분이 더 중요하다는 이유에서 건배사 강요는 없어야 한다는 목소리도 커지는 추세다. 그래서 건배사를 억지로 강요하고 강요받는 문화는 사라지기 바란다. 모임에 모인 사람들이 모두 분위기를 유쾌하게 즐길 수 있는 범위 안에서 건배사를 하자. 건배사 스트레스가 있지만 건배사를 꼭 해야 하는 입장에 있는 분들이라면 화려하지 않더라도 진심을 담은 건배사면 충분하다. 그리고 또 한 가지 기억할 점이 있다면, 유행하는 건배사보다는 나만의 건배사가 최고라는 점이다.

자신만의 이야기가 있는 진정성 있는 건배사

모임에서 이렇게 마음을 울리고 기억에 남는 멋진 건배사를 하고 싶은 것은 누구나의 욕심이다. 하지만, 이런 욕심이 지나치면 건배사가 산으로 가고 만다. 강박관념이 묻어있는 화려한 건배사나 스마트폰 앱에서 인기 있는 누구나 다 아는 건배사도 나쁘지는 않다. 하지만 다소 투박하더라도 상황에 어울리는 Only one 유니크한 건배사나 자신만의 이야기가 담긴 건배사는 특별하다. 그리고 거기에 진심까지 묻어나는 건배사라면 사람들의 마음을 움직이는 멋진 건배사가 될 것이다. 올해는 자신의 결과 향이 담긴 건배사로 연말을 자신답게 마무리해보면 어떨까?

함께 해봐요

● 자신이 속한 모임의 유형과 대상을 상상해보세요.

그리고 건배사를 한번 해볼까요?

모임의 유형과 대상

건배사

▶06 : 소통이 안 되면 고통, 서로의
설명이 필요한 지금

　　요즘에는 통신의 발달로 거리의 제약을 받지 않고 언제 어디서나 소통을 할 수 있게 되었다. 하지만 기술의 여건이 좋아진 것에 비례해서 소통력이 좋아지는 것 같지는 않다. 오늘날 인터넷의 발달로 지구 반대편의 사람과도 얼굴을 보면서 소통할 수 있는 시대에 살고 있다. 그야말로 세계 어느 누구와도 소통이 자유로운 지구촌 시대라고 할 수 있다. 하지만 세대 간의 차이 때문인지, 아니면 넘치는 소통 채널 때문에 생긴 소통 매너에 대한 무감각 때문인지 소통지수는 오히려 정체된 상태다. 소통이 안 되면 불통이 되고 불통이 오래되면 고통스러운 브랜드 평판만 남게 됨을 느끼게 되는 날이 오더라.

▶07 ┇ 손가락에 땀나도록 소통하는 밀레니얼 세대와의 소통

　　기성세대 입장에서는 디지털 원주민이라고 하는 밀레니얼 세대와의 소통은 더욱 어렵게 느껴질 수 있다. 예전에는 '발바닥에 땀나도록'이라고 말했다면 요즘에는 '손가락에 땀나도록'이란 말을 더 많이 듣는다. 적합하다. 온라인으로 소통하는 것을 더 편하게 여기는 밀레니얼 세대들의 소통 방법은 다를 수밖에 없다. 내게 수업을 듣는 대학생들 또한 질문이나 결석 사유 등을 전화가 아니라 카톡으로 전달한다. 처음에는 어색했지만, 점차 익숙해지는 나 자신을 발견하곤 한다. 휘황찬란한 이모티콘으로 자신의 감정을 수시로 표현하는 밀레니얼 세대들과 카톡으로 소통하다 보면 이모티콘 없이 보내는 나의 카톡이 학생들에게 너무 무미건조하게 느껴질까 봐 살짝 걱정될 때도 있다.

기성세대와는 다른 밀레니얼 세대의 소개팅 문화

　　소개팅이나 선보는 문화도 기성세대와 밀레니얼 세대와는 소통면에서 차이가 있다. 얼마 전에 지인의 아들이 선을 보게 되었다. 지인은 아들에게 선보기 전에 정식으로 상대 여성에게 전화를 걸어서 약속 장소와 시간을 정중하게 전달하기를 원했다. 하지만 지인의 아들은 질색하며 선보는 상대에게 전화하면 실패의 지름길이라고 했단다. 요즘에는 그런 식으로 안 한다고 했단다. 전화를 거는 순간 상대 여성은 엄청 부담스러울 거라며 대신 카카오톡으로 가볍게 전달했다고 한다. 이런 소통 방식을 도무지 이해하지 못한다며 지인은 걱정스러워했다. 하지만 다행히 지인의 아들은 상대 여성과 연애사업이 지금까지 잘 되고 있다고 한다. 이처럼 기성세대와 밀레니얼 세대의 소통은 방식이 다르다.

밀레니얼 세대를 이해 못 하면 미래의 변화 예측 불가능

옳고 그르고를 떠나서 밀레니얼 세대의 소통 방식을 이해할 필요가 있다. 차세대의 주역이 될 밀레니얼 세대를 제대로 이해하지 못한다면 미래의 변화를 예측할 수 없게 된다. 그래서 잘잘못을 따지기 전에 밀레니얼 세대의 소통 방식을 이해할 필요가 있고, 노력해야 한다. 보수적인 조직 문화에서는 밀레니얼 세대에 대한 이해와 공감 노력은 더욱 필요하다. 특히 사회에 최근 진출하기 시작한 90년대 생과 기성세대의 소통은 매우 중요하다.

청바지 입은 꼰대

요즘 세대 간 갈등의 키워드 중 하나가 꼰대라고 한다. '꼰대' 라는 용어는 1970년대 청소년들이 선생님이나 아버지 등 나이 많은 남자를 지칭하는 은어로 사용되었다. 하지만 오늘날 꼰대라는 단어는 조금 다르게 사용된다. 예를 들면 '남보다 서열이나 신분이 높다고 여기고, 자기가 옳다는 생각으로 남에게 충고하거나, 남을 무시하고 멸시하고 등한시하는 것을 당연하게 여기는 자' 를 의미한다. '청바지 입은 꼰대' 라는 표현도 있다. 말 그대로 청바지를 입으면서 신세대를 이해하는 척하는 꼰대를 의미한다. 조직의 리더들이 소통을 활성화하기 위해서 청바지를 허용하는 등 복장을 자율화하고, 직급의 호칭을 없앴지만 정작 직원들의 의견은 잘 듣지 않는다는 것이다. 여러 가지 제도를 도입하고 모양새를 갖추면서도 무늬만 혁신이지 내용은 달라지지 않음을 지적하는 것이다.

밀레니얼 세대를 위한 제도 리버스 멘토링

밀레니얼 세대와 잘 소통하기 위한 기업들의 제도들이 있다면 무엇이 있을까? 1980년대 초반에서 2000년대 초반까지 출생한 세대를 밀레니얼 세대라고 한다. 기성세대와 다른 소통방식을 갖고 있는 밀레니얼 세대들을 위한 제도를 아예 구축해서 그들과 소통 채널을 꾀하는 사례가 있다. 바로 '리버스 멘토링'이라는 제도다. 밀레니얼 세대가 경영진의 멘토가 되는 것이다. 그래서 그들의 경험과 생각을 기성세대가 함께 공유할 수 있도록 만든 멘토링 제도다. 일반적으로 회의를 생각하면 상명하달식이다. 윗사람이 회의를 주도하고 아랫사람은 듣는 식이다. 하지만 리버스 멘토링은 반대다. 밀레니얼 세대가 경영과제들에 대한 문제점과 비전 등을 경영진 앞에서 오히려 당당하게 말할 기회를 주는 것이다. 그리고 경영진은 경청하는 것이다. 하지만 밀레니얼 세대들의 동기유발과 의욕 고취를 높이는 리버스 멘토링이 성공하려면 넘어야 할 큰 산이 있다. 바로 기성세대인 경영진들의 열린 마음이 전제되어야 한다는 것이다.

예정되지 않은 회식 야근을 받아들이지 못하는 밀레니얼 세대

밀레니얼 세대는 집단의식이 상대적으로 약하고 개인주의적인 성향이 있다는 인식들이 있다. 밀레니얼 세대들은 직장에서의 성공보다는 개인의 행복을 우선시하는 경향이 있다고 한다. 그러기에 계급 사회 특유의 수직적인 지시나 무조건적 통제에 강한 반발을 느낀다. 예를 들어서 예정되지 않은 갑작스러운 회식이나 야근을 마음으로 받아들이지 못한다. 강압적인 지시는 일시적인 효과는 있을 수 있다. 하지만 불만이 차곡차곡 쌓여서 급기야 이직을 기성세대에 비해 쉽게 결심하고 행동으로 옮기는 경향이 있음을 기억하자.

밀레니얼 세대들과의 소통법

밀레니얼 세대들과 잘 소통하려면 어떤 점에 신경 써야 할까? '말의 내용은 예리하되, 말의 표현은 부드럽게 하자!' 다른 것은 잊어도 이것만은 기억하자. 밀레니얼 세대가 자꾸 말대꾸한다고 가정하자. '자꾸 이렇게 말대꾸하지마!' 라는 표현은 밀레니얼 세대의 마음의 문을 닫게 한다. 물론 잘못한 일을 잘했다고 할 수는 없다. 하지만, 말의 표현은 부드럽게 할 수 있는 [나 전달법] 이 있다. [나 전달법]을 이용한다면 말의 내용은 예리해도 밀레니얼 세대의 마음을 움직일 수 있다.

상대방의 감정을 인식하고 자신의 감정을 표현하는 '나 전달법'

'나 전달법'은 자신이 주어가 되는 전달법이라고 생각하면 기억하기 수월하다. 나 전달법은 상대방의 감정을 인식하고, 상대방의 태도에 대한 자신의 감정을 표현하는 것을 의미한다. 감정을 바르게 표현하기 위해서 감정을 확인하고 그 이유를 같이 전달하는 것이다.

예를 들어서 '말대꾸하지마!' 라는 말을 나 전달법으로 바꾸면 이렇게 된다. '방금 자네의 말이 나를 무시하는 것처럼 느껴지네!' 라고 하는 것이다.

나 전달법의 단계

나 전달법을 활용할 때 기억해야 할 부분이 있다면 무엇이 있을까?

1단계는 문제가 되는 상대방의 행동과 상황을 객관적이고 구체적으로 말하는 것이다.

예를 들어서 '자네가 나에게 건방지게 말대꾸를 할 때' 라고 이야기하는 것은 객관적이라고 할 수 없다. '건방지게' 라는 표현 자체가 주관적으로 들릴 수 있기 때문에

'나는 자네가 나에게 말대꾸를 할 때' 라고 말하는 것이 바람직하다.

2단계는 상대의 행동이 자신이나 팀에게 미친 영향을 구체적으로 말하는 것이다.

예를 들어서 '자네 그렇게 지각을 자꾸 하면 어떻게 해' 보다는

'자네가 연락도 없이 지각하니까 나는 상사에게 자네가 왜 아직 출근 전인지 이유를 말해줄 수가 없어' 라고 말하는 것이 효과적이다.

3단계는 상대의 행동 때문에 생긴 자신의 감정을 부드럽게 표현하자.

예를 들어서 '그렇게 말대꾸하는 건 도대체 무슨 버르장머리인가?' 라고 이야기하기보다는 앞서 언급한 것처럼

'자네의 말이 나를 무시하는 것처럼 느껴지네!' 라고 표현하는 것이 상대에게 객관적이면서도 한결 부드럽게 들릴 것이다.

함께 해봐요

● 신입사원이 연속 실수를 해서 피드백을 했더니 '왜 자꾸 저만 혼내세요! 제가 뭐 일부러 그랬나요?' 라고 운다. 이때 나는 어떻게 내 마음을 설명하면 좋을까?

– 평소의 나라면 이 경우에 뭐라고 말하는 편인가?

‒ 이렇게 원래 내 스타일대로 말하면 상대방의 기분은 어떨까?

‒ 나 전달법을 사용해서 다시 표현해 보자.

‒ 나 전달법을 사용해서 말하면 상대방의 기분이 어떨까?

업계 불문하고 소통 채널 강화하는 이유

요즘은 그룹 총수나 스포츠 감독들도 소통 채널을 강화하고 있다. 그만큼 조직에서도 소통의 힘이 점점 중요해지기 때문이다. 재계에서는 총수들이 카리스마와 권위로 대변됐던 아버지 세대와는 다른 모습을 보여주고 있다는 평가가 나온다. 경영 환경의 변화와 젊은 사고를 하는 밀레니얼 세대들의 등장으로 기업의 소통 스타일도 변화할 수밖에 없는 실정이다. 스포츠 업계도 마찬가지다. "나 자신을 감독이라고 생각하지 않는다. 감독과 선수는 동반자다. 감독을 어려워하지 마라. 언제든 찾아와도 된다. 누구나 휴대전화로 연락하면 받겠다."라고 한 감독이 있다. 개성을 살리고 소통하면서 팀을 협동으로 이끌겠다고 취임 소감을 말한 롯데 자이언츠 허문회 감독이다. 이처럼 소통은 업계를 불문하고 밀레니얼과 기성세대 그리고 마음과 마음을 성공적으로 이어주는 열쇠가 아닌가 싶다.

좌절에 빠진 나를 안아주는 말의 힘

영화나 드라마에 나올법한 한 장면을 그려보자. 한 인물이 고개를 숙인 채 눈물을 글썽이고 힘들어하고 있다.

옆에 앉은 사람이 어깨에 손을 얹고 위로의 말을 건넨다.

"다 잘 될 거야. 걱정하지 마. 힘내. 네 잘못이 아니야."

장면을 멀리서 바라보는 이들은 상투적으로 이어지는 위로의 말에 진부함을 느낄지도 모른다.

저런 '식상한' 말이 효과가 있을 것이라고는 생각하지 않는다.

하지만, 나 자신이 이와 같은 고통에 사로잡혀 있다고 생각해 보자.

내가 세상에서 가장 신뢰하고 존경하는 사람이, 좌절에 빠져 힘들어하는 나를 안아주며 저런 말을 해 준다면 어떨까?

그 말이 비록 해결책은 될 수 없지만, 존경하는 사람에 대한 신뢰와 믿음, 몸과 마음으로 느껴지는 마음의 온기는 그 순간의 좌절과 슬픔을 조금은 덜어낼 수 있을지도 모른다.

이는 위로를 건네는 표현들 때문이 아닌, 상대와 쌓아왔던 신뢰와 사랑 때문이다.

함께 해봐요

● 내가 가장 위로받았던 말과 내가 해 주었던 말 중에 가장 상대의 마음을 움직인 말은 무엇인지 생각해보자.

– 내가 가장 위로받았던 말

– 상대의 마음을 움직인 나의 말

취업 준비생들의 고민, 면접

요즘 '사회적 거리'를 유지하는 게 일상이 된 만큼, 기업들의 채용 과정도 많은 변화가 있다. 불필요한 외출을 자제하는 것은 물론, 재택근무, 비대면 회의 등을 비롯해서 면접도 온라인으로 보는 세상이 되었다. 코로나19 문제로 서류에 합격한 취업 준비생들도 고민 끝에 면접에 불참하는 경우가 많이 생겼다. 그러면서 자연스럽게 비대면 온라인 면접을 도입하게 되었다. 한 언론에 의하면, 모기업에서는 대구·경북 지역 지원자 2백여 명 전원이 모두 온라인 면접으로 대체되었다고 한다. 신입사원 공개채용 서류 접수 기간은 늘리고 면접을 한 달가량 연기한 기업도 생기고 있다.

08 : 이미지로 나를 설명하기, 합격률 높이는
　　　　 성공취업면접 전략

　　올해 코로나바이러스 등으로 인해서 채용 계획(규모/일정
등)의 불확실성이 커지고 있다. 하지만, 고민하더라도 해결되지 않는
변수에 너무 신경 쓰지 않도록 하자. 취업 준비생들 입장에서는 더
욱 힘든 시기일 거다. 낙심하기보다는 더욱 철저하게 면접을 준비하
는 시기로 생각하면 좋겠다. 어떻게 하면 면접관들에게 좋은 첫인상
을 주면서 합격률을 높일 수 있을까? 면접은 자신이 지원한 회사에

합격률 높이는 성공취업면접 전략

자신이 얼마나 적합한 인재상인지를 어필하는 자리다. 다시 말해서 회사가 원하는 역량과 자신의 장점을 잘 연결해서 어필하는 다섯 가지 전략이 필수다. 첫 번째, 회사가 원하는 인재상에 맞는 자신의 역량을 최대한 어필하자. 효과를 높이기 위해서는 구체적인 사례를 스토리텔링으로 전달하는 것이 좋다. 그래야 면접관들의 감성을 공략할 수 있기 때문이다. 자기소개서에 있는 내용을 그대로 달달 외워서 무미건조하게 말하면 긍정적인 첫인상을 줄 수 없다.

호감을 주는 말씨로 열정과 의지를 표현하자!

회사가 원하는 인재상에 맞는 자신의 역량을 최대한 어필하도록 노력을 해야 한다. 두 번째는 호감을 주는 말씨로 열정과 의지를 표현하자. 성공적인 면접을 위해서는 면접관의 감성과 이성을 모두 사로잡아야 한다. 평상시에 "~한 것 같아요."나 "~랑 ~랑 했고요!" 등의 불명확한 말투나 너무 가벼운 말씨는 적합하지 않다. 대신에 전문적이고 준비된 지원자라는 인상을 주는 똑 부러진 말씨를 사용하자. 예를 들어서 자신의 의지를 드러내는 '제가 만일 취업이 된다면~하겠습니다.' 식으로 열정을 담아 말하도록 하자. 특히 '알바', '취준' 등 일상생활에서 흔히 쓰는 줄임말은 사용하지 말자.

겸손하지만 당당함을 구체적으로 이미지 메이킹 하자!

호감을 주는 말씨로 열정과 의지를 표현하는 지원자에게 면접관이 마음이 가는 것은 당연하다. 세 번째는 겸손하지만 당당함을 구체적으로 연출하자. 겸손한 느낌을 주려고 '저는 여러모로 부족하지만, 열심히 배워보겠습니다!' 라는 말은 위험하다. 회사는 이미 준비된 인재를 원하기 때문이다. 그렇다고 '저는 귀사에서 필요로 하는 완벽히 준비된 인재입니다. 저를 뽑지 않으시면 후회하실 겁니다.' 라는 말은 건방져 보일 수 있다. 자신이 스스로 '준비된 인재' 라고 말하기보다는 그것을 증명할 수 있는 구체적인 예를 드는 것이 더 효과적이다. 귀사가 필요로 하는 어떤 기술을 자신이 보유하고 있는지를 언급하는 것도 좋다. 또는 관련한 수상 경력이나 경험이 있다고 어필하는 것도 좋다.

자신을 어필하는 기회, 마지막 질문을 기회로 만들자!

타인에게 비친 자신의 얼굴 표정에도 관심을 더 갖자. 다섯 번째, 자신을 어필하는 기회, 마지막 질문을 기회로 잡자. 면접을 마무리할 즈음에 면접관들이 묻는 것이 있다. 일반적으로 "마지막으로 혹시 질문 있나요?" 라는 말이다. 적지 않은 지원자들이 이때 '아니요.'

나 '없는데요.' 라고 한다. 상당히 귀한 기회를 날려버린 셈이다. 이 순간은 지원자가 마지막으로 자신을 어필할 수 있는 기회이기 때문이다. 자신이 준비한 마무리 멘트를 하는 것도 좋고, 면접관 입장에서 자랑할 수 있는 회사 관련된 긍정적인 질문을 하는 것도 효과적이다.

면접에 자주 떨어지는 지원자들의 공통점

설문 조사에 의하면, 면접관들이 합격 여부를 결정하기까지 걸리는 시간은 평균 11분 정도다. 이 짧은 시간에 지원자들은 자신의 열정과 능력을 면접관에게 최대한 보여주어야 한다. 그런데 면접 합격률이 떨어지는 지원자들의 공통점은 바로 어필을 잘못한다는 것이다.

지원자가 마음에 들 때 하는 면접관들의 신호들

한 설문 조사한 바에 따르면, 85.3%가 호감이 가는 지원자에게 특별히 하는 행동이 있었다. 구체적으로는 지원자의 입사지원서를 주의 깊게 살펴보거나 미소를 짓는 등이었다. 이 밖에 추가 질문을 하거나 지원자의 답변에 호응을 잘 해주는 행동, 시선을 자주 맞추거나 고개를 자주 끄덕이는 행동이 합격의 신호라고 답했다.

부드러운 표정을 짓는 면접관으로부터 질문을 많이 받는다면 굿!

인사담당자의 80.1%는 호감이 있는 지원자에 부드러운 표정을 짓고, 상대적으로 질문을 더 많이 한다고 밝혔다. 특히 마음에 드는 지원자에게는 주로 많이 하는 질문들이 있다. 예를 들면 '우리 회사를 선택한 이유'나 '입사 후 직무나 기업문화가 맞지 않으면 어떻게 하겠느냐' 하는 등의 질문이다. 마음에 드는 지원자의 상태를 보다 구체적으로 파악하고자 하는 의도가 담긴 질문들이다.

생전 처음으로 취업면접을 준비하는 경우는 무엇을 어떻게 준비해야 할지 앞이 캄캄할 것이다. 또는 서류전형에서는 늘 합격을 하는데 면접만 보면 늘 쓰라린 고배를 마셨던 경우도 있을 것이다. 누구에게나 취업면접은 크고 험난한 산 정상처럼 두렵다. 그래서 가장 중요한 것은 면접을 마치고 뒤돌아 나올 때 아쉬움이 남지 않도록 철저히 준비하는 것이다.

호감 주는 표정으로 어필하자!

겸손하지만 당당함을 구체적으로 연출하는 것도 꼭 기억해야겠다. 지원자들의 표정도 참 중요하다. 네 번째가 바로, '호감 주는 표정으로 어필하자'이다. 나 또한 면접관 입장이 될 때 가장 많은 영향을 받는 것 중 하나가 지원자들의 표정이다. 호감을 주는 표정을 지닌 지원자들에게는 눈길이 더 가게 되고 질문이 더 가게 된다. 긴장하지 않는 표정이 호감을 주는 표정은 아니다. 긴장하더라도 선의의 경쟁을 하는 지원자들의 눈빛은 인간미가 있고 맑다. 하지만 수단과 방법을 가리지 않는 지원자들의 눈빛은 곁눈질이 많고 흰자위가 많이 보이는 '백안시' 노출이 잦다. 눈은 웃지 않으면서 입꼬리만 올라가는 훈련된 '거짓 웃음'도 면접관의 마음을 떠나게 한다. 그래서 면접 준비를 할 때는 반드시 거울을 보고 연습하거나 자신의 모습을 휴대전화로 촬영해서 다시 보기 할 것을 권한다.

취업 면접 합격 시크릿 기술

취업 면접은 지원자가 말을 통해 자신이 회사가 필요로 하는 인재상임을 어필하는 자리다. 그러기에 '말의 결'을 자신에게 유리하도록 잘 다듬어야 한다. 첫 번째 자신의 역량을 어필하는 45초 자기소개로 면접관의 마음을 사로잡자. 자기소개는 지원자의 첫 이미지가 결정되는 중요한 기회다. 보통 45초 정도로 준비하는 것이 면접관의 몰입도를 높이는 데 효과적이다. '저는 3남 2녀 중 막내로 엄한 아버지와 인자한 어머니 밑에서 자랐습니다.' 등 너무 틀에 박힌 소개보다는 자신의 구체적인 경험을 회사의 인재상과 연결하자.

자신의 강점 임팩트 있게 전달하기

안녕하십니까? 지원자 박영실입니다. 저는 고객 만족 직무를 위해 노력해온 3가지를 말씀드리겠습니다. 첫 번째, 고객 만족 지식입니다. 교육학을 전공했지만, 소비자 행동 경제학 과목을 다수 수강하여 고객 만족을 높이는 소비자 행동 포인트와 전략 지식을 배웠습니다. 두 번째, 고객 접점 응대 경험입니다. 놀이공원에서 근무하면서 실제 고객 만족을 위한 접점 응대 경험을 갖고 있습니다. 세 번째, 늘 배우는 자세입니다. 고객들의 불만 속에 고객 만족의 해법이 있기에 고객으로부터도 늘 배우는 것이 중요함을 깨달았습니다. 저는 이러한 지식, 경험, 자세를 바탕으로 성과 있는 업무를 할 준비가 되어있다고 생각합니다. 고맙습니다.

자신의 역량 구체적으로 표현하기

두 번째는, 자기소개를 할 때는 보통 3가지의 역량을 강조하자. 이때 첫 번째와 두 번째는 직무 경험과 연결을 하고 마지막 1가지는 태도와 의지로 구성하는 것이 좋다. 장황하게 많은 것들을 쭉 나열하면 기억이 나지 않을 뿐 아니라 집중하기 어렵다. 앞서 말한 것처럼 지식, 경험, 자세 등 핵심을 정리해 말하면 면접관에게 인상을 확실하게 각인시킬 수 있다. 그리고 첫 번째, 두 번째, 세 번째 등으로 순서를 정해 말하면 체계적이고 논리적인 인재의 이미지를 줄 수 있다.

합격 스피치 기술 PREP 익히기

세 번째는 PREP 법칙에 따라 논리적으로 말하자. PREP 법칙은 Point-Reason-Example-Point, 즉, 결론-이유-사례-결론 순으로 말함으로써 결론(핵심)을 근거 및 사례와 함께 제시하는 방식이다. 이 법칙에 따라 말을 하면 자연스럽게 '왜냐하면', '예를 들어', '결론적으로' 라는 표현을 쓰게 된다. 결론이 먼저 나오기 때문에 장황해질 염려가 없으며, 자신의 주장에 대해 이유와 예시를 들기 때문에 구체적이고 설득력이 있으며 명쾌하기까지 하다!

PREP 법칙 예

가장 많이 받는 질문 중 하나가 회사 지원 동기다. 이때도 PREP 법칙을 사용하면 효과적이다. 예를 들어보자. Point: 저는 귀사의 지원이 최고의 선택이라고 생각합니다. Reason: 왜냐하면 고객 만족 업무가 저의 경험을 가장 잘 활용할 수 있고 동시에 가장 많이 성장 가능한 분야라고 생각하기 때문입니다. Example: 예를 들어서, 저는 소비자 행동 경제학 등을 공부하면서 고객 만족 관련한 지식을 쌓고 고객 접점에서 고객 응대도 직접 하면서 고객과 면대면 소통을 했을 때 가장 설레고 즐거웠습니다. Point: 이런 저의 경험들을 통해서 고객 만족을 최우선으로 하는 귀사의 지원이 저의 최고의 선택이라고 생각합니다.

경력지원자들의 합격 스피치 면접기술

취업 면접에 대한 전략을 세웠다면 본격적으로 기술이 필요하다. 그래서 오늘은 취업 면접 3가지 합격 스피치 기술을 소개하겠다. 적지 않은 취업 준비생들은 출신학교나 학점, 토익이나 오픽 점수 같은 스펙을 채우는 데 올인하는 경향이 있다. 물론 스펙도 중요하다. 하지만 최종 합격을 결정짓는 것은 아니다. 서류 지원이 가능한 최소한의 기준 이상이라면 이제는 본격적으로 면접기술을 준비해야 할 타이밍임을 기억하자.

경력직 지원자들이 특별히 자주 받게 되는 질문

경력직 지원자들에게는 이직 사유가 가장 많이 받게 되는 질문이다. 사실 이직 사유는 솔직하게 답변하기가 쉽지 않다. 왜냐면 전 직장에 대해 만족보다는 불만족이 크기 때문이다. 인간관계를 비롯한 근무조건까지 다양한 이유가 있을 텐데, 있는 그대로 부정적인 부분을 언급하는 것은 면접관 입장에서 듣기 좋지는 않다. 불만을 토로하는 지원자의 모습을 보면, 이 지원자가 자기 회사에 대한 험담을 다른 곳에서도 스스럼없이 할 것이라고 연상되기 때문이다.

솔직하지만 긍정적인 이미지를 강화하는 방법

물론 상황에 따라서 다르다. 솔직하게 말하는 것이 더 좋은 경우도 있기 때문이다. 거짓말을 하는 지원자들을 면접관들은 기가 막히게 알아차린다. 하지만 일반적으로 가장 바람직한 것은 긍정적인 이미지를 강화하는 것이다. 거짓말을 하라는 것이 아니다. 상사와의 불화로 인해서 이직을 결정했다고 치자. 그렇다 하더라도 자신의 내면에는 자신의 잠재력을 키워줄 상사가 있는 다른 회사에서 더 성장하고 싶은 욕구가 있기에 회사를 옮길 결정을 한 것이다. 바로 그런 '성장하기 위한 도전 욕구'가 이직을 결정한 이유라고 강조하는 것이 효과적이다.

지금도 기억에 남는 답변

지금도 기억에 남는 경력직 지원자의 답변이 있다. '저는 전 직장에 전반적으로 만족하며 10여 년을 근무했습니다. 하지만 새로운 도전을 위해 귀사에 지원하게 되었습니다. 제가 예전부터 해보고 싶었던 해외 파트가 귀사에 신설되었다는 소식을 들었습니다. 전 직장에서 쌓아온 전문지식과 경험을 토대로 귀사에서 성과 창출을 하고 싶어서 지원하게 되었습니다. 저 자신의 성장을 위한 새로운 도전을 하기로 결심했습니다.' 전 직장에 대한 불만을 하나도 이야기하지 않으면서도 자신의 성장을 위한 도전을 위해 지원했다는 지원자가 무척 당당해 보였다. 그 지원자는 면접자 전원의 몰표로 당당히 합격했다.

면접은 공식적인 방식의 소통

면접은 공식적인 방식의 소통이다. 대상과 목적이 다를 뿐 평소에 하는 대화와 크게 다르지 않다. 그런데 면접을 너무 특수한 상황으로 생각한 나머지 면접관과의 소통을 스스로 막아버리는 지원자들도 더러 있다. 면접은 소통이기에 상호작용이 매우 중요하다. 모르겠으면 잘 모르겠다고 솔직히 시인하고 질문한 의도를 물어볼 수 있어야 한다. 면접관의 표정, 몸짓, 목소리에서 의도를 정확하게 파악하자. 그리고 이런 과정을 통해 면접관이 원하는 것이 무엇인지 질문의 의미를 잘 포착하면 여러분의 손에는 어느새 합격통지서가 날아들어 있을 것이다.

면접관의 의도 파악하기

면접관은 지원자에게 3가지가 있는지를 파악하고자 질문한다고 해도 과언이 아니다. 그 세 가지는 바로 직무역량, 조직 친화도, 열정적인 태도다. 'COP'라고도 하는데 COP는 일을 잘 해내는 직무역량(Competency), 조직 친화도(Organization friendly), 열정적이고 적극적인 태도(Passion)를 말한다. 따라서 면접관의 질문에 답을 할 때는, 자신이 COP를 갖춘 인재로서 회사의 목표 달성에 공헌할 인재임을 어필하는 것이 핵심이다.

COP를 극대화하는 답변 전략

면접관의 의도 파악을 통해서 이를 돌파할 수 있는 전략을 세워야 한다. 예를 들어보자. 면접관이 갑자기 지원자에게 취미를 물어보는 경우가 있다. 별 의미 없는 질문처럼 생각할 수 있지만 그렇지 않다. 면접관은 지원자의 취미를 통해 지원자의 여러 가지 면모를 파악할 수 있다. 그래서 질문을 하는 것이다. 예를 들어 혼자서 그림을 그리는 것이 취미인 사람과 여러 사람과 함께 축구 하기를 좋아하는 사람은 성격이나 성향이 다를 수밖에 없다. 또 단순한 취미 질문이라도 꼬리에 꼬리를 물고 질문하다 보면 특정 분야에 얼마나 열정을 가지고 있는지, 도전과 몰입의 정신이 있는지, 취미를 통해서 스트레스를 어떻게 관리해내는지를 알 수 있다.

의도가 없는 질문은 없다

면접관의 의도를 파악하는 훈련을 하는 것이 중요하다. 의도를 알고 답하는 것과 그냥 묻는 대로 대답하는 것은 전혀 다른 결과를 가져오기 때문이다. 면접관들이 주로 자주 하는 질문들부터 준비해보자. 이 질문들 속에 숨은 의도를 파악해보자. 그리고 꾸준하게 연습해보자. 그러다 보면 면접관의 예리한 질문에도 자신이 원하는 방향으로 대답을 이끌어나갈 수 있을 것이다.

면접관들이 자주 묻는 질문

지원자의 장점을 묻는 면접관의 숨은 의도를 파악하는 것이 중요하다. 지원자의 장점이 회사의 이윤 창출과 지원 분야에 얼마나 적합하고 얼마나 공헌할 수 있는지를 알아보기 위한 질문이다. 그래서 자신의 장점이 무엇인지 먼저 밝히고 이를 뒷받침하는 사례를 말해야 한다. 반드시 자신의 장점이 회사에 어떤 식으로 공헌할 수 있는지 구체적으로 어필하자.

지원자들이 가장 답변하기 곤란한 질문

지원자들이 가장 답변하기 곤란해하는 질문 중 하나가 바로 자신의 단점을 말하는 것이다. 단점을 솔직하게 얘기하자니 면접관들에게 부정적인 이미지를 줄 것 같아 걱정이 된다. 그래서 자신의 단점을 이야기하지 않고 오히려 장점을 돌려서 이야기하는 경우가 적지 않다. 예를 들어서, 꼼꼼하지 못한 경우가 간혹 있어서 메모하는 습관을 지금까지 갖고 있다는 식이다. 하지만 면접관 입장에서 이런 대답은 다른 수많은 지원자에게 이미 너무 많이 들은 답변일 확률이 높다. 그래서 이럴 때는 답변을 위한 답변보다는 자신의 솔직한 사례를 위주로 말하는 것이 효과적이다.

천편일률적인 지원자들의 답변은 피하자

면접관 입장에서는 지원자의 단점 그 자체가 중요한 것이 아니다. 그보다는 지원자가 자신의 단점을 제대로 인지하고 있는지가 궁금한 것이다. 그리고 그 단점을 극복하기 위해서 지원자가 어떤 노력을 하고 있는지가 핵심이다. 그래서 자신의 단점을 솔직하게 이야기하되 그것을 극복하기 위한 지원자의 노력이 담긴 사례를 이야기하는 것이 포인트라고 할 수 있다.

단점을 극복하고 변화하는 노력을 강화한 답변

꼼꼼하지 못한 성격으로 메모하는 습관을 정말 갖게 된 경우도 있을 것이다. 이런 경우에는 특히 더 자신의 실제 사례를 포함하는 것이 필요하다. 예를 들어보자.

'저의 단점은 꼼꼼하지 못한 성격입니다. 대학교 1학년 때 저의 꼼꼼함 부족으로 팀별 과제 성적 C를 받은 적이 있었습니다. 열심히 준비한 팀원들에게 너무 미안했고 그 이후로 저는 메모하는 습관을 갖게 되었습니다. 메모하는 습관 덕분에 대학교 4학년 내내 팀의 리더로서 팀별 과제에서 늘 A를 받을 수 있었습니다. 입사 후에도 단점을 극복하고 스스로 변화시키려는 노력을 계속할 준비가 되어있습니다.' 라고 하는 것이 효과적이다.

스트레스에 대한 질문

기업에서는 스트레스 극복을 잘하는 사람이 필요하다. 업무를 진행하다 보면 다양한 스트레스가 생길 수밖에 없기 때문이다. 그러기에 스트레스 관련 질문을 받을 때는 자신의 스트레스 극복 법에 포인트를 두는 것이 바람직하다. 스트레스에 적절히 대처하지 못하는 사람을 구별하고자 하는 면접관의 숨은 의도가 있기 때문이다.

'저는 스트레스를 쉽게 받는 편은 아닙니다. 하지만 서로 다른 의견 때문에 제가 좋아하는 사람들과 소통이 생각보다 잘 안될 때는 땀을 빼는 운동을 하는 편입니다. 대학교 팀별 활동들을 통해서 배운 저만의 스트레스 극복 방법인데 효과적이었습니다. 역동적인 활동들을 통해서 재충전과 성찰을 하면 저와는 다른 의견들 속에서 더 좋은 아이디어가 있을 수 있음을 깨닫게 되었습니다. 그뿐만 아니라 상대의 입장에서 더 잘 이해할 수 있도록 제 의견을 말하게 되면서 스트레스도 줄일 수 있었습니다.' 건전하고 생산적인 자신만의 스트레스 방법을 제시하는 것이 핵심임을 기억하자.

인재를 구분하기 위한 질문

입장을 바꿔서 생각해보면 면접관의 질문 의도는 어렵지 않게 짐작 가능하다. 자신이 회사를 운영하는 경영자라고 생각해 보자. 어떤 사람과 함께 일하고 싶은가? 일을 잘 해내는 직무 역량(Competency)이 있고, 조직 친화도(Organization friendly)도 좋으며, 열정적이고 적극적인 태도(Passion)를 가진 인재일 것이다. 그렇다면 이런 인재를 구분하기 위한 질문을 할 수밖에 없다. 그리고 그런 인재임을 증명하는 답변들을 듣고 싶을 것이다.

호감을 주는 아이 콘택트

합격을 부르는 아이 콘택트 스킬을 기억하자. 아무리 직무역량과 조직 친화도가 좋아 보여도 아이 콘택트가 제대로 되지 않고 시선이 불안한 지원자에게는 열정적이고 적극적인 태도를 느낄 수가 없다. 신뢰가 가지 않기 때문이다. 면접관의 눈은 3.3.3 법칙으로 바라보자. 답변하면서 왼쪽 면접관부터 차례대로 3초 정도의 시선을 골고루 배분하자. 말처럼 아이 콘택트 기술은 결코 쉽지 않다. 꾸준한 연습이 필요하다. 면접관의 숨은 의도를 돌파하는 준비된 답변과 함께 호감 주는 아이 콘택트를 준다면 성공 취업의 절반은 이미 여러분의 것이다.

면접 대기실에서부터 스캔 되는 첫 이미지

면면접은 첫인상을 결정하는 메라비언의 법칙(The law of Mehrabian)이 그대로 적용되는 순간이다. 메라비언 법칙(The law of Mehrabian)은 표정이나 제스처 등 시각적인 이미지에 따라서 상대방이 호감을 느낄 수도 있고 비호감을 느낄 수도 있다고 분석한다. 그 영향력은 절반이 넘는 55%나 되니 기회가 한 번밖에 없는 면접에서는 이 비언어적인 부분을 절대 무시할 수 없다. 그래서 답변 스킬과 함께 표정이나 보여주는 행동들을 잘 컨트롤하는 능력이 필요하다. 면접장이 아니라 면접 대기실에서부터 취업지원자의 모든 행동은 스캔 되고 있음을 기억하자.

두 번 줄 수 없는 첫인상

첫인상의 힘은 매우 세다. 면접의 특성상 정해진 일정 시간 동안 지원자가 면접관에게 주는 첫인상은 합격 여부를 결정할 때까지 변하지 않을 확률이 높다. 그렇기 때문에 면접 대기실에서부터 시작해서 면접을 마치고 다시 면접 대기실로 돌아오기까지의 모든 순간에 지원자의 표정과 행동은 점수를 만들고 있다. 하다못해 면접 전에 다녀온 화상실에서의 작은 행동들도 영향을 미칠 수 있음을 기억하자. 특히 면접장의 문을 여는 순간부터 면접을 마치고 일어서서 문을 닫고 나가는 동안의 표정과 행동은 연습이 많이 필요하다. 환한 미소에 가슴을 활짝 펴고 당당하게 걸어오는 지원자에게 면접관이 더 호감을 느끼게 되는 것은 당연하다.

휴대폰 촬영을 통한 비언어 메시지 셀프 피드백

요즘처럼 온라인 면접이 확대될 때는 지원자의 세세한 표정이 모니터를 통해서 더 확실하게 노출이 된다. 너무 눈을 자주 깜빡이지는 않는지 입꼬리가 지나치게 쳐지지는 않았는지 촬영을 통해 재생해보면 자신의 장단점을 보다 정확하게 파악할 수 있다. 강의실 또는 집에서 실전처럼 문을 열고 들어가 인사하고 의자에 앉는 연습도 필요하다. 그리고 면접을 마치고 일어나 인사하고 문을 닫고 나오는 모습까지. 철저한 준비가 보다 성공적인 면접을 만든다는 사실을 기억하자.

답변이 바로 떠오르지 않거나 질문을 잘못 알아들었을 때

이럴 때 적지 않은 지원자들은 미간을 찌푸리면서 당황함을 고스란히 노출한다. 또는 평상시 말씨가 그대로 튀어나와 "네? 뭐라고 하셨죠?"라고 말하기도 하는데, 이는 바람직하지 않다. 대신 생각할 시간을 갖게 하면서도 정돈된 이미지를 주는 대처법을 살펴보자. 답변이 바로 떠오르지 않을 때는 차라리 "면접관님, 죄송하지만 잠깐 생각할 시간을 주시겠습니까?"라고 말하고 생각을 신속하게 정리하는 것이 더 좋다. 그리고 질문을 잘 못 들었을 때는 "면접관님, 죄송하지만 다시 한번만 말씀해주시겠습니까?"라고 차분하게 말하자.

잘 모르는 질문을 받았을 때

대답하기 어려운 질문을 받은 경우, 한숨을 쉬거나 고개를 푹 숙이고 머리를 긁적거리는 지원자들이 간혹 있는데 부정적인 이미지를 줄 수 있으니 주의하자. 또는 멋쩍은 웃음만 짓는 경우도 금물이다. 이런 경우에는 당황하지 말고 이렇게 말하자.

"면접관님, 죄송하지만 그 부분은 잘 모르겠습니다. 질문해 주신 내용은 앞으로 더 상세히 공부해서 숙지하도록 하겠습니다!"라고 말하자.

면접관의 질문이 잘 이해가 되지 않을 때

"면접관님, 죄송하지만, 지금 질문하신 내용이 A에 대해 말씀하신 것이 맞는지 여쭤봐도 될까요?"라고 하자. 질문에 대한 의도를 정확히 파악하기 위한 이런 질문은 신중한 이미지를 줄 수 있기 때문이다. 면접관에게 되묻기가 어려워서 대충 대답하는 것보다는 이렇게 예의를 갖추어 질문의 의도를 다시 파악하는 것이 효과적이다.

옆 지원자와 같은 공통질문을 받았을 때

옆의 지원자와 같은 공통질문을 받았을 때는 두 가지 패턴이 있다. 옆의 지원자와 의견이 비슷할 때와 반대일 경우다. 우선 의견이 비슷할 때는 이렇게 해보자.

"옆의 지원자가 말씀하신 A 부분에 저 역시 동의합니다. 제 의견을 하나 더 덧붙이자면 B입니다." 여기에서 포인트는 앞서 답한 지원자의 의견 언급한 후 자신의 의견을 덧붙여서 말하는 것이다. 이렇게 말하면 옆 지원자의 말을 잘 경청했다는 이미지를 줄 수 있다. 그뿐만 아니라 경쟁자임에도 불구하고 상대를 배려하면서 자신의 의견까지 정확하게 전달하는 느낌을 줄 수 있다.

옆 지원자와 의견이 다를 때

의견이 옆 지원자와 다를 때는 이렇게 해보자. "옆의 지원자가 좋은 말씀 하셨습니다만, A 부분에서 제 의견은 조금 다릅니다. 왜냐면 B이기 때문입니다."로 의견이 다른 이유를 체계적으로 정확하게 이야기하자. 옆 지원자의 의견을 존중하면서도 자신의 다른 의견을 논리적으로 어필하는 이미지를 주기 때문이다. 그리고 특히 이런 질문을 받았을 때는 질문을 받자마자 너무 큰소리로 빠르게 대답하지 않도록 한다. 왜냐면 신중하지 못한 느낌을 줄 수 있기 때문이다. 편안한 아이 콘택트를 하면서 한 템포 쉰 후, '네, 제 의견을 말씀드리겠습니다."라고 하고 이어서 핵심만 말하도록 하자.

'만일 불합격 한다면?' 이라는 질문을 받게 될때

간혹 나오는 질문 유형 중 하나로 기억에 남는 답변이 있다. "저는 제가 가장 잘할 수 있는 분야와 제 능력과 열정을 펼칠 회사를 찾아 끊임없는 고민을 해왔습니다. 그래서 오늘 이곳에 지원하게 되었고, 간절히 원했기 때문에 아쉬움이 클 것 같습니다. 하지만 주저앉지 않고 부족한 부분을 보완해서 다음에 다시 이 자리에 설 생각입니다." 아쉬움을 담은 비장한 표정으로 이렇게 답변한 지원자는 지금 원하던 그 회사에서 열심히 일하고 있다.

면접관의 마음을 사로잡는 마무리 멘트의 예

"오늘 이렇게 면접 볼 기회를 주셔서 감사합니다. 면접관님의 질문을 받으면서 귀사의 이 분야의 업무를 제가 얼마나 간절히 원하고 있는지 새삼 깨닫게 되었습니다. 제가 지금까지 해온 공부와 경험을 바탕으로 회사에 공헌할 수 있으면 좋겠습니다!"라는 한 지원자의 마무리 멘트는 수년이 지난 지금도 생생할 만큼 효과적이었다. 하지만 기억하자. 답변에 생명을 불어넣는 것은 지원자의 진솔한 표정과 행동, 바로 비언어 메시지라는 사실을 말이다.

언택트 면접 확실히 준비하기

요즘은 '언택트 채용(Untact Hiring)'이 대세로 대표적인 것이 바로 화상 면접이다. 자신을 잘 설명하기 위해서는 반드시 준비해야 할 것들이 있다. 미리 화상 면접 환경에 익숙해지는 것이다. 면접 당일에 서둘러 가입하다 보면 사용법 숙지가 잘되지 않기도 하고 미리 다운로드했어야 하는 프로그램이 생길 수도 있다.

지인들과 사전에 화상 통화 프로그램을 이용하다 보면 자신의 부족한 점과 보완해야 점들이 보이기 마련이다. 예를 들어서 자신의 얼굴의 각도나 방 조명 또는 심한 잡음에 따라서 자신의 이미지가 추락할 수도 있다. 화상 면접에서는 보디랭귀지에 한계가 있어서 표정으로 자신을 설명해야 한다. 실제 얼굴보다 크게 확대되어 나오니 감정 표현의 미세한 부분까지 고스란히 노출된다는 점을 기억하자. 화면에 상체만 보인다고 해서 하의에 신경을 쓰지 않는 경우가 간혹 있는데 반드시 상, 하의 정장 착용이 필수다. 의상이 바로 자신의 마음가짐을 설명하는 코드다. 아울러 화상 면접을 하다 보면 상대와 동시에 말이 겹치는 경우가 종종 발생할 수 있으니 평상시보다 조금 여유 있게 시간을 두고 답변을 하는 것이 좋다. 마지막으로 자신이 친숙한 공간에서 면접을 보다 보니 너무 마음이 느슨해질 수 있음을 경계하면서 최선을 다하는 것이 핵심이다.

● 지인들과 화상통화 프로그램을 이용해서 모의 면접을 해보고 자신이 보완해야 점들을 적어보자.

– 초점

– 거리

– 표정

– 자세

– 의상

– 소리

– 조명

– 기타

▶09 : 브랜드로 나를 설명하기, CEO PI 브랜딩 전략

　　예전에 미국 IT 매체 더버지 기사를 통해 페이스북이 마크 저커버그 최고경영자(CEO)의 대중적인 인식을 24시간 추적하는 일을 전담하는 직원을 고용했던 것으로 드러났었다. 그 직원은 자신이 페이스북에서 저커버그에 대한 대중의 인식 변화를 분 단위로 파악하는 여론조사를 했다고 했다. 이를테면 사람들이 저커버그의 연설을 좋아하는지, 그가 페이스북에 올린 글을 좋아하는지 같은 내용까지 다 파악해야 했다고 한다. 특히 그는 저커버그가 회사와 관계없는 이민자나 건강, 교육 등 복지 이슈를 이야기해도 어떤 사람들이 그에 대해 어떻게 반응하는지 알아내야 했다고 하니 한 마디로 마크 저커버그의 평판을 관리한 셈이다.

▶10 : 리더의 브랜드는 이미지와 평판의 결과

　　외부 고객들에게 조직 이미지를 구체화하는 요소 중에 가장 큰 것이 바로 리더의 브랜드 이미지다. 리더의 긍정적 이미지는 고객의 회사와 상품에 대한 호감을 높이는 요인이 되기 때문에 리더의 이미지를 효과적으로 구축하기 위한 노력이 필요한 것이다. 그래서 페이스북도 리더의 이미지를 하나의 브랜드로 간주하고 리더의 이미지가 기업 이미지에 영향을 미친다는 전제하에 대중이 인식하는

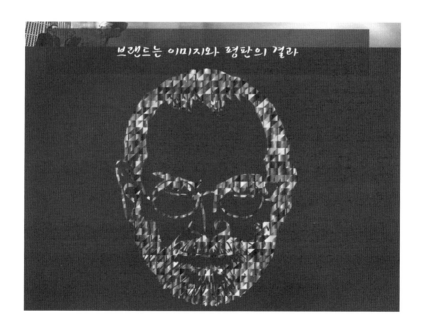

저커버그의 이미지를 구체적으로 추적한 것이다. 리더들에게 이제는 많은 비즈니스에서 사람을 대하는 것은 선택이 아닌 필수이자 생존이 되었다. 리더의 이미지가 사업 프로젝트의 성패와 조직의 매출에 영향을 주는 만큼 외부 고객은 물론 내부 조직원들에게 신뢰를 주는 리더의 PI 브랜딩 전략은 더욱 중요하게 되었다.

그리고 리더의 브랜드는 이미지와 평판의 결과라는 말에 공감한다. 리더의 이미지는 외적 이미지와 내적 이미지로 구성되고, 평판은 명성과 성과로 형성되니 결국, 리더의 브랜드를 형성하는 구성요소로는 크게 외적 이미지, 내적 이미지, 명성, 성과로써 이 네 가지 요소를 어떻게 잘 균형 있고 조화롭게 관리하는지에 따라 리더의 브랜드가 결정된다고 할 수 있다.

리더의 브랜드를 형성하는 요소

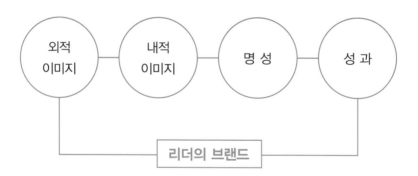

11 : 리더의 PI(Personal Identity) 브랜딩전략 4단계

불확실성 속에서 미래를 고민하는 나 자신에게 내가 제안하는 첫 단계는 늘 한결같다. 종이 한 장을 꺼내서 지금 나를 숨 막히게 하는 '불편한 진실' 세 가지를 적는 것이다. 세계의 적지 않은 리더들이 현실을 제대로 보지 못하고 '미래'에만 몰입한 나머지 자신과 조직을 위험 속으로 몰아갔다. 간결하고 현실적인 관점으로 지금을 마주하는 것은 이후 행보에 막대한 영향을 준다. 불안한 미래

에 브랜드 평판을 잘 유지하는 방법을 보자. 리더로서의 PI(Personal Identity) 브랜딩은 글로벌 경영진의 회사 시장 가치의 44%에 기인한다. 또 직원 유치 및 직원들의 동기 유발에 큰 역할을 한다. 회사 외부에서는 브랜딩이 잘 된 리더의 평판 PI가 투자자를 끌어들이고 긍정적인 언론의 주목을 받으며 홍보 재난을 관리한다. 리더 브랜딩을 아직 구축하지 않았다면 다음과 같은 몇 가지 방법을 참고하자.

1. PI 전략 개발 세우기

리더의 브랜드 평판을 구축하는 것은 평판과 자사의 브랜드를 조화시키는 것이다. 일부 설문 조사에서 95%의 응답자가 회사에 투자할지 그 여부를 결정하고 93%는 회사를 좋은 파트너로 추천했다는 결과가 나오기도 했다. 홍보 활동, 언론 인터뷰, 인쇄물, 직원 치료에 이르기까지 리더의 브랜딩은 조직 문화를 반영해야 한다. 브랜딩 전략을 수립할 때는 미래 지향적이어야 하고 브랜드 강점을 분석하는 것이 필요하다. 그리고 조직의 브랜드를 재확인하는 리더의 브랜드를 강조하는 전략은 지금까지 가장 적극적으로 활용되는 방법 중 하나다.

2. 타깃 고객을 정의하기

개인 브랜딩을 리더로 하려면 타깃 잠재 고객을 정의해야 한다. 잠재 고객이 참여하는 세미나나 콘퍼런스는 어디고, 읽거나 보유할 가능성이 높은 출판물은 무엇인지를 검색한다. 타깃으로 된 곳에 기사를 쓰거나 칼럼을 기고하고 신뢰도를 높이기 위해 초청 연사로 참여하는 방법도 있다. 아울러 리더의 메시지를 강조하는 소셜 미디어 또는 전략적 광고의 힘을 현명하게 잘 활용하는 것이 포인트다.

3. 소셜 네트워크 서비스 활용하기

소셜 미디어의 영향을 잘 활용하기 위해서는 이미지에 영향을 주는 프로필을 정기적으로 업데이트하고 연락처 등 세부 정보까지도 제대로 되어있는지 점검한다. 자신의 이름이나 회사를 Google 등 검색 엔진을 통해 검색했을 때 결과를 확인해서 이미지를 훼손하는 기사나 사진 등은 신속하게 수정한다. LinkedIn 프로필이나 Facebook 계정이 회사의 계정을 잘 반영하고 있는지도 중요하다.

소셜 미디어 계정에서 회사의 철학이나 비전 및 사명 등은 물론 개인의 삶의 철학 등 소소하지만 인간적인 콘텐츠를 공유하는 것도 좋다. 이성과 감성의 균형을 잘 갖춘 리더의 브랜드를 디자인하는

데 도움이 된다.

4. 결과 측정

리더의 브랜딩 성공 여부를 측정하는 지표를 결정하자. 다양한 측정지표 중에 판매 증가를 목표로 하고 있는가? 아니면 SNS 팔로워 증가인가? 측정 항목을 정확히 파악한 후, 결과를 측정하는 것이 바람직하다. 이 결과를 해석해서 어떤 전략이 가장 효과적인지 그리고 어떤 전략을 취하지 않고 할 수 있는지 판단할 필요가 있다. 리더로서 개인 브랜드의 힘을 활용하여 참여자 및 투자자와 유대감을 보다 우호적으로 형성할 수 있다. 퍼스널 이미지 브랜딩은 나로부터 시작되지만, 그것을 인정하는 것은 결국 타인이다. 자신을 자신답게 일관적인 이미지와 메시지로 꾸준하게 설명하는 것이 성공의 길로 이끄는 것을 주변에서 많이 보았다.

함께 해봐요

● 리더로서의 PI(Personal Identity) 브랜딩 전략을 세워볼까요?

-PI 전략 개발 세우기

-타깃 고객을 정의하기

-소셜 네트워크 서비스 활용하기

-결과 측정

경력과 원하는 이미지에 따라 채용하는 이미지 전략가

리더들은 옷을 입는 방식이 자신의 인식 방식에 차이가 있다는 것을 오래전부터 알고 있다. 리더들의 종종 새로운 직업, 승진, 새로운 패션 트렌드 및 체중 변화는 우리가 자신을 보는 방식에 따라 새로운 선택을 하고 싶을 때 작업복을 선택하는 것을 어렵게 만들 수 있다. 약간의 도움이 필요한 사람들을 위해 이미지 컨설턴트 또는 스타일리스트가 지침을 제공할 수 있다.

리더의 경력과 원하는 이미지에 따라 적절한 이미지 전략가, 이미지 컨설턴트를 활용해야 하는데 그것을 제대로 파악하는 리더는 많지 않기에 고급 정보를 소개한다. 이미지 컨설턴트는 그들이 당신을 얼마나 잘 알고 있는지부터 확인한 후 고용해야 한다.

사회적 개인적 이치에 어울리는 브랜드이미지파악

일부 이미지 컨설턴트나 스타일리스트는 고객을 표현하는 스타일을 선택하는 대신 이미지컨설턴트 자신의 취향과 성향을 중심으로 판단하고 컨설팅하려는 성향이 있다. 일부는 설문 조사를 시작하여 고객의 요구, 역할 및 성향 그리고 직업에 대해 배우기 위해 인터뷰를 시작할 때 고객의 스타일을 파악하게 된다. 그들의 접근 방식이 무엇이든 중요한 것은 직장 문화와 고객의 스타일을 정확하게 파악한다면 문제 될 것은 없다. 자신의 스타일을 강요하지 않고 고객의 사회적, 개인적 위치에 어울리는 브랜드 이미지와 스타일을 제대로 제안할 수 있는 능력이 필요하다.

이미지 전략가를 고용하는 이유

이미지 전략가, 이미지 컨설턴트는 예전에는 연예인이나 유명인 또는 정치인이나 대기업 CEO를 위한 업종으로 일반인과는 조금 거리가 먼 존재였다. 하지만 개인 브랜드의 가치가 중요해진 요즘에는 중간관리자는 물론이고 취업을 준비하는 예비 초년생들 또는 자신의 유튜브 채널을 갖고 있는 크리에이터들의 의뢰가 늘어나고 있다. 자신에게 맞는 이미지 컨설턴트를 제대로 고용한다면 기대 이상의 가치를 경험할 수 있을 것이다.

이미지 컨설턴트를 아는 가장 좋은 방법은 함께 일해보는 것이다. 나의 고객이었던 한 CEO는 TV 인터뷰를 앞두고 나를 고용했었다. 인터뷰하는 태도와 말씨에 대한 컨설팅도 중요했지만 가장 먼저 무엇을 입어야 할지에 대해 무척 고민스러워했다. 나는 우선 TV 인터뷰의 성격과 특징을 파악했다. 비교적 편안한 형식의 인터뷰로 사회자나 스튜디오 분위기도 경쾌했고 인터뷰 내용도 사적인 가벼운 질문들이었던 만큼 정장보다는 비즈니스 캐주얼로 제안했다. 이어서 고객의 체형과 피부색을 분석하고 고객이 원하는 스타일과 전문가적인 내 입장에서 제안하는 스타일의 공통분모를 찾아 접점을 맞춰나갔다. 성공적인 TV 인터뷰 후에 주변에서 받았던 긍정적인 피드백이 나의 덕분이라며 고마워하던 고객의 감사 전화를 받는 것이 내가 가장 좋아하는 순간이다.

쇼핑하기 전에 옷장을 먼저 검토하기

고객이 이미지 컨설턴트를 신뢰를 하게 되면, 일반적으로 집이나 회사의 옷장 검토를 의뢰한다. 고객이 가지고 있는 의상이나 액세서리들로 어울리는 스타일을 알려주고 또는 용도를 변경하면서 스타일 업데이트를 해준다. 나는 일반적으로 고객과 함께 쇼핑하기 전에 먼저 이 옷장 검토 작업을 하는 편이다. 그래야 고객이 원하는 스타일과 변해야 하는 스타일을 정확하게 파악할 수 있기 때문이다. 많은 사람이 이미지 컨설턴트를 고용한 후 가장 도움받고 싶어 하는 것 중 하나가 바로 버릴 용기가 없어서 못 버렸던 옷들을 걸러내는 작업이다. 내게 모든 고객이 다 의미가 있지만 그래도 가장 기억에 남는 고객은 나의 도움이 얼마나 컸는지 적극적으로 감사를 표현해 주는 고객들이다. 고객들의 긍정 피드백을 바탕으로 나의 이미지 컨설팅 과정을 재구성해보면 다음과 같다.

• 고객에게 더이상 맞지 않는 옷과 괜찮은 옷 그리고 가장 잘 어울리는 옷으로 분류해둔다.

• 고객이 잘못 알고 있는 의상 피팅 법과 옷 치수 제대로 아는 방법을 정확히 전달해 준다.

• 업데이트가 필요한 의복을 선택한다. 예를 들어서 믹스 매치가 가능한 의상이 어떤 것들인지 조합을 한 후 사진을 찍어 포트폴리오로 만든다. 소매의 변형이나 트렌디한 버튼을 새롭게 달고 또는 고가의 넥타이의 경우는 넥타이 폭을 수선함으로써 기존 의상의 활용성을 극대화한다.

• 고객에게 어울리는 스타일과 패션에 대한 철학을 심어준다. 자신만의 스타일이 무엇인지 고민할 수 있는 시간을 주고 다양한 스타

일을 창의적으로 도전하고 만들어보는 기회를 준다.

· 신발이나 가방, 안경 등 액세서리 등을 통해서 전체적인 스타일이 변형 가능함을 발견해 준다.

· 체계적이고 효과적인 옷장 설계를 해준다. 풍부한 스타일을 위해서는 기본적인 아이템은 필수다. 색상과 스타일 면에서 꼭 필요한 누락된 기본 아이템이 무엇인지 파악해준다. 또 계절별로 추가 구입 또는 너무 과도하게 투자된 의상은 무엇인지 알려준다.

자신만의 틀에 사로잡혀 있어서 자신의 잠재된 스타일과 브랜드 이미지 가치를 펼치지 못해서 아쉬웠던 사람들이라면 이미지 컨설턴트들의 도움을 받아보는 것도 좋다. 이미지 컨설턴트들은 패션 철학을 알고 고객의 스타일 변화를 통해 보람을 느끼는 사람들이다. 상호 소통과 융합을 통해서 귀중한 가치를 경험해보기 바란다.

함께 해봐요

● 내가 이미지 전략가를 고용한다면 어떤 점을 요청하고 싶은가요?

− 내가 원하는 이미지

- 내가 바꾸고 싶은 이미지

P e r s o n a l

I m a g e

B r a n d i n g

The Power to Explain Myself

PART 03:

나를 알리는 힘
중간리더들의 가을

자신의 경쟁력 형성단계 :
차별화 된 브랜드 획득단계

☀01 ᛁ 포스트 코로나시대 부상하는 가상사회
디지털 이미지브랜딩

　　포스트 코로나 시대에는 인터넷을 통해 더 많은 사람이 관찰자에서 기고자로, 관중에서 참가자로 또는 개인에서 공공 인물로 이동할 것이다. 그만큼 의식적으로 또는 무의식적으로 남기는 우리의 소리 없는 디지털 발자국은 우리의 온라인 브랜드 평판을 만들 것이라는 사실을 인지해야 한다. SNS를 하고 있다면 지금 당장 확인해보자. 자신의 SNS는 자신을 닮았는지……. 전략적인 퍼스널 이미지 브랜딩 전략으로 성공적인 효과를 보는 똑똑한 글로벌 리더들의 사례를 살펴보자.

미녀 테니스 스타, 샤라포바의 브랜딩 전략

　　'러시안 뷰티' 마리야 샤라포바는 경영학을 전공하지는 않았지만, 비즈니스 마인드가 뛰어난 전략가라는 말을 듣는다. 2005년부터 11년 연속으로 전 세계 여성 운동선수 소득 1위에 이름을 올린 미녀 테니스 스타 샤라포바의 브랜드 가치는 굉장하다. 그녀는 특히 소셜네트워크서비스(SNS)를 활용해 자신의 브랜드 가치를 높이고 이슈화하는 데 탁월했다. 2020년 2월 은퇴하면서 대중적 관심으로부터 멀어진 샤라포바가 선택한 브랜딩 전략은 바로 SNS이었다. 샤라포바가 4월에 "심심하면 문자메시지를 보내라"라고 하면서 트위터에 자신의 전화번호를 공개한 것이다. 샤라포바는 40시간 만에 220만 통의 문자를 받았다고 밝혔다.

언행불일치를 보여 논란이 된 이방카

미국 뉴욕에 있는 경제전문매체 '비즈니스인사이더'가 선정한 여성들이 있다. 2020년 세계에서 가장 영향력 있는 여성으로 도널드 트럼프 대통령의 딸인 이방카 트럼프도 뽑혔다. 미국 45대 대통령 도널드 트럼프의 딸인 이방카 트럼프는 여성 사업가, 작가, 전 부동산 개발업자다. 이방카는 정치 경험이 없는데도 2016년 아버지 당선 이후 정치권 인사들과 정치 행사장에 모습을 드러냈다는 비판을 받아왔다.

2017년 백악관 무급 직원이 되겠다고 선언했고, 2018년에는 보좌관으로서 대한항공 우리 국적기를 타고 인천공항에 내리는 장면을 언론이 보도했었다. 스타일리쉬하지만 TPO(시간, 장소, 상황)에 어울리는 복장이나 태도, 표정을 보여주는 그녀의 모습들을 보면서 이미지메이킹 훈련을 어렸을 때부터 차근차근 제대로 잘 받아온 느낌이 들었다.

최근에는 백악관 선임고문으로서 '노 메이크업'으로 카메라 앞에 등장하기도 했다. 화려한 의상은 물론이고 화장기 거의 없는 얼굴로

대국민 메시지를 보낸 것이다. 미국에서만 코로나19 확진자가 넘쳐나고 사망하자 "우리는 당신이 필요하며 당신에게 감사와 경의를 표한다"라는 메시지를 차분한 톤으로 마무리했다. 정치적으로 낭떠러지의 위기에 있는 아버지, 트럼프 대통령에게 조금이나마 힘을 더하자는 의지로 보이는데 어찌 되었든 적절한 타이밍에 적절한 메시지를 보냈다. 하지만 얼마 지나지 않아 '사회적 거리 두기'를 놓고 언행 불일치를 보여 논란이 되었다. 그녀의 거주지인 워싱턴에 자택 대피령이 내려진 상태에서 정작 이방카 자신은 가족과 함께 미 뉴저지주의 리조트에 머물며 휴가를 보냈기 때문이다.

브랜드평판을 높인 형제의 재미있는 전략적인 말싸움

쿠오모 형제는 코로나19 국면에서 미국 사람들의 불안감을 달래는 데 큰 힘을 주었다. 동생이 진행하는 CNN '쿠오모 프라임타임'에서 주지사 대 진행자로 진지하게 감염병 확산 방지를 위한 토론을 했다. 그러던 중 불쑥 형이 아버지가 항상 통금 시간을 정해줘서 자신은 통금이란 단어를 좋아하지 않는다면서 사적인 개인사를 얘기했다. 이 말을 시작으로 짓궂게 말장난을 하면서 시청자들에게 소박한 웃음을 선물했다. 방송 마무리 부분에는 동생이 자신이 형보다 나은 건 농구밖에 없다고 도발하자 형인 쿠오모 주지사는 거짓말이라고 발끈하며 보는 이들의 웃음을 유발했다.

반응은 엄청났다고. 형제의 대화가 우울한 시국에 청량제가 됐다는 평이 많았다. 덕분에 쿠오모 주지사는 코로나19 대응에서 오락가락하는 도널드 트럼프 대통령과 비교되며 평판을 높였다.

건전한 인터넷 이용 문화를 위한 인터넷 윤리

건전한 인터넷 이용 문화를 정착시키기 위해서 방송통신위원회를 비롯한 여러 기관에서도 여러 방면으로 노력하고 있다. 휴대전화 사용이 가능해진 군 장병들은 가족, 친구들과 쉽게 연락을 주고받으면서 군 복무 간에 느끼는 고립감과 스트레스를 해소하는 등의 순기능이 많다고 한다. 또 정보검색과 원격강의 등을 통한 자기 개발에도 많은 도움을 얻고 있다고 한다. 하지만 혹시 발생할 수 있는 역기능 방지를 위해서 건전한 인터넷 이용문화를 정착시키기 위한 교육을 하기도 한다. 이처럼 시간이 갈수록 '인터넷 윤리'의 중요성은 커지고 있다.

양면성 있는 디지털 세상에서 순기능 키우기

디지털 세상에 양면성이 존재한다. 전 세계에 방탄소년단(BTS)을 알리는 도구로 인터넷의 순기능이 큰 역할을 했다. 대단한 순기능이다. 하지만 역기능도 있다. 자신이 원하지 않는 사진이 인터넷에 부정적인 목적으로 확산되는 경우도 있기 때문이다. 또 거짓 정보로 인해서 누군가에게 타격을 줄 수도 있는 곳이 바로 디지털 세상이다. 온라인상의 명예훼손과 모욕 모두 처벌을 받을 수 있는 범죄다.

'3게 법칙' : 자기답게! 꾸준하게! 매너 있게!

1인 미디어를 하는 경우 '인터넷 윤리'를 유념할 필요가 있다. 아직도 인터넷상에는 일명 '카더라 통신'이 존재한다. 사실 확인을 거친 정보가 아니라 '어디서 ~라고 하더라.'는 식의 정제되지 않은 자극적인 기사들이 넘쳐나고 있다. 이로 인해 피해자가 생기지 않도록 '1인 크리에이터'들의 자체 검열이 필요한 시점이다. 매너 있고 건강한 콘텐츠로 자신을 잘 설명하는 인터넷의 순기능을 강화하길 희망한다. 구독자가 늘어나는 '1인 미디어'들을 보면 '3게'가 있다. 자기답게! 꾸준하게! 매너 있게! 인생은 곱셈이다. 어떤 기회가 있어도 의지가 제로면 아무 일도 일어나지 않는다. 오늘은 자신 안에 꿈틀거리는 '의지'를 깨워보면 어떨까?

❧02 : 퍼스널브랜드를 높이는 트뤼도
총리의 양말정치 전략

쥐스탱 트뤼도 캐나다 총리의 남다른 '양말 정치' 가 이슈였다. 벨기에 브뤼셀에서 열린 북대서양 조약 기구(NATO, 나토) 정상회담에서 나토 깃발 모양이 새겨진 양말을 신었는데 한쪽은 분홍색, 다른 한쪽은 하늘색인 짝짝이 양말이었다. 세계 정상으로서는 매우 파격적인 패션 코드다. 앙겔라 메르켈 독일 총리가 트뤼도 총리의 양말을 관심 있게 쳐다보는 모습이 흥미를 더한다.

지난 캐나다 몬트리올에서 열린 아일랜드 총리와 정상회담에서는 5월 4일 세계 스타워즈의 날을 기념하기 위해서 짝짝이 '스타워즈' 캐릭터 양말을 신고 등장하기도 했다. 스타워즈 팬으로 알려진 트뤼도 총리는 자신의 트위터 계정에 양말을 클로즈업한 사진을 올린 뒤 "당신이 찾던 양말"이라며 May The Fourth Be With You, Guerre Des Étoiles(스타워즈)라는 해시태그를 달기도 했다. May The Fourth Be With You는 스타워즈의 유명한 대사 '포스가 그대와 함께 하기를' (May the force be with you)과 발음이 비슷한 데서 착안했다. 그의 양말 정치의 시작은 2015년 11월 총리 취임 후 첫 장관회의에서부터 시작되었다고 할 수 있다. 검은색 정장에 캐나다를 상징하는 메이플 리프' (maple leaf · 단풍잎) 무늬 양말을 신은 것으로, 총리로서 자국을 위해 최선을 다한다는 메시지를 보내며 눈길을 끌었다. 허핑턴포스트는 트뤼도 총리는 멋지고 저렴한 양말로 존재감을 드러낸다고 했고, 뉴욕타임스는 독특한 양말 덕분에 트뤼도 총리는 새로운 세대 리더의 이미지를 굳혔다고 전했다. 트뤼도 총리의 재미있는 양말을 통한 메시지 전달 이벤트는 인간적인 매력을 줌과 동시에 자신의 메시지를 전달하는 소통의 수단이 되고 있다.

✎03 : 남북정상의 퍼스널이미지브랜딩 전략

     남북 두 정상의 역사적인 회담이 공동경비구역(JSA) 내 평화의 집에서 진행된 역사적인 순간을 많은 사람이 기억하고 있다. 우리나라 국민들의 시선을 사로잡은 것은 김정은 국무위원장의 이미지였다. 지금까지 북한은 세계인에게 '비정상국가'로 비쳤는데, 지난 남북정상회담을 통해 북한에 대한 부정적인 이미지가 많이 변했다는 소리가 들렸다. 남북정상회담 장면을 본 후 북한 리더를 바라보는 시각이 바뀌었다는 사람들도 적지 않다.

  예전에 김정일 국방위원장이 남북정상회담을 통해서 건강 이상설을 깨뜨리는 계기로 삼은 것은 물론, 은둔형 지도자의 이미지를 깬 바 있다. 남북정상회담을 통해 김정은 국무위원장이 세계무대에 각인시킨 이미지 전략은 더 효과적이며 자연스러웠다고 평가하는 이들이 많다. '비핵화'라는 무거운 주요 의제가 있는 만큼 세계에 화합의 이미지를 각인시키기 위한 고도의 이미지 전략이 수반되었다고 본다.

화합의 의지를 표현하는 호의적인 악수 전략

  김 위원장은 지난 정상회담을 통해서 북한이 독불장군이 아니라 세계와 어우러지고 남한과 함께 하는 정상 국가임을 증명하기 위해 화합의 이미지를 위한 노력을 보여주었다. 공동경비구역 내 군사분계선에서 마주한 우리나라 대통령과의 첫 악수를 통해 보여준 모습은 '호의적인' 비언어 메시지가 담겨있었다고 분석된다. 왜냐면, 호의적인 악수의 5원칙인 적당한 파워, 한 팔 거리, 경쾌한 리듬, 눈 맞춤 그리고 가장 중요한 호의적인 미소가 담겨있었기 때문이다. 보통 상대를 제압하거나 상대보다 우위를 점하겠다는 의지를 표명할 때는 자신의 왼손을 상대방의 오른손에 살짝 갖다 대는 경우가 있다. 일명 트럼프식 악수라고 할 수 있다. 김 위원장도 예전에 시진핑 주석과의 악수에서는 트럼프식 악수를 의도적으로 보이는 느낌이 들었던 반면, 지난 남북정상회담에서는 대체로 호의적인 악수의 메시지가 강했다고 할 수 있다.

부드러운 분위기 연출을 위한 당당하면서도 유쾌한 화법 전략

"만감이 교차하는 마음으로 200m를 걸어왔다. 오기 전에 보니까 평양냉면을 가지고 이야기를 하는 것 같던데, 어렵사리 멀리서 가져왔다."라고 말한 김 위원장은 그 말을 한 직후 무언가를 깨달았는지 "아 멀다고 말하면 안 되겠구나."라고 말했다. 이어서 "대통령께서 편안한 마음으로 맛있게 드시길 바란다."라고 하면서 부드러운 분위기를 연출하려는 노력이 보였다. 북한 최고지도자로서는 최초로 남한 땅을 밟았을 뿐만 아니라 중대한 '비핵화' 논의를 앞두어서인지 중간중간 긴장하는 느낌이 들기도 했다. 하지만 전반적으로 당당함을 잃지 않고 유쾌한 이미지를 보여주려는 전략이 생각보다 자연스러웠다는 평가가 많다.

　적대감의 빗장을 내리는 호탕한 미소 전략

　군사분계선에서 기다리고 있던 우리나라 대통령을 향해 다가오면서 보여준 김 위원장의 표정은 긴장감과 흥분감 그리고 호의가 뒤섞인 미소였다. 악수를 한 후, 대통령과 손을 잡고 남쪽과 북쪽 땅에서 각각 기념촬영을 할 때도 밝은 표정이었지만 가장 환한 표정은 남녀 화동을 마주했을 때였다. 미소는 세계만국의 공통어이자 세계인에게 가장 짧은 시간에 돈 한 푼 들이지 않고 호감을 얻을 수 있는 경쟁력이다. 김 위원장은 이 미소의 힘을 남북정상회담을 통해서 가장 효과적으로 활용했다고 분석된다. 아울러 자칫 어려 보이거나 경륜이 없어 보일 수 있는 자신의 이미지를 뿔테 안경 착용을 함으로써 연륜 있는 지도자로서의 이미지로 메이킹 한 것도 효과적이었다.

걸음걸이와 글씨체로 어필하는 비언어 권위 전략

화합의 이미지 전략을 보여주는 가운데에서도 걸음걸이와 글씨체에서는 북한 최고지도자로서의 권위적인 이미지가 의도적이든 무의식적이든 고스란히 노출되었다. 회담장을 이동할 때의 걸음걸이를 보면 팔을 필요 이상으로 휘젓고 다리를 바깥쪽으로 차고 걷는 제스처를 볼 수 있다. 그리고 우측으로 상승하며 각이 살아 있는 글씨체가 눈에 띄는데 이러한 부분들은 일찍부터 최고지도자로서 갖추어야 하는 이미지 전략에 따라 훈련을 받아 온 것으로 보인다. 의장대 사열 때는 거수경례를 한 우리나라 대통령과 달리 부동자세로 정면을 응시하는 모습에서도 순간순간 권위적인 이미지가 고스란히 노출되었다.

세계에 어필한 역사적인 악수 전략

싱가포르 센토사섬 카펠라 호텔에서 역사적인 만남이 이루어진 김정은 위원장과 트럼프 대통령의 첫 악수가 큰 관심거리였다. 최초로 개별 만남을 가진 미국과 북한 두 정상의 첫 악수를 통해 북미정상회담의 결과가 추측 가능하기 때문이다. 그동안 많은 정상회담에서 미국의 트럼프 대통령은 악수를 통해 상대국에 대한 자신의 심기와 전략을 의도적으로 보여주었다. 악수가 곧 자신의 의지를 보여주는 첫 번째 표현 도구였기에 이번 북미정상회담에서 두 정상 악수의 의미는 매우 컸다.

결론적으로 평소 공격적인 악수로 기선을 제압했던 트럼프 미국 대통령의 스트롱 악수가 김정은 위원장 앞에서는 매우 젠틀했다. 이번 북미정상회담의 성공을 위한 트럼프 대통령의 의지가 많이 반영된 부분으로 해석된다. 문 대통령과의 남북정상회담과 시진핑 주석과의 북중정상회담 등을 통해 보여준 김 위원장의 악수는 파워풀하지만, 트럼프 대통령에 비해 비교적 무난하게 악수하는 편이다.

하지만 주도권을 잡으려는 두 정상 간의 팽팽한 기싸움은 젠틀해 보이는 악수에서 끊임없이 진행된 것으로 보인다. 악수 후 트럼프 대통령이 김 위원장을 향해 엄지를 추켜올려주는 제스처가 주는 의미는 매우 큰데 10초 이내의 짧은 악수였지만 교감을 느낀 김정은 위원장과의 악수를 통해 북미정상회담의 성공이 예상된다는 의미로도 해석이 가능하기 때문이다. 코로나19 이후로 세계 정상들 간의 악수법도 변화하지 않을까 싶다.

주도권을 잡기위한 먼저 손 내밀기와 손등 두드리기 전략

김정은 위원장과 만난 순간 먼저 손을 뻗은 주인공은 바로 트럼프

대통령이었다. 악수에서 먼저 손을 건네는 것은 상급자나 연장자 또는 호스트다. 물론 1946년생인 트럼프 대통령이 1984년생인 김 위원장보다 한참 연장자일뿐더러 1981년생인 장녀 이방카보다 김 위원장의 나이가 더 어리다. 하지만 양 국가를 대표하는 두 정상 사이에서는 먼저 손을 내민다는 것은 주도권을 선점하기 위한 전략으로 분석된다. 상대 정상보다 우위에 있다는 제스처로 트럼프 대통령이 자주 사용하는 손등 두드리기 악수 전략은 이번 북미정상회담에서도 여지없이 보여주었으나 최대한 자제하는 모습을 보여주었다. 아베 신조 일본 총리와 했던 19초 동안의 악수나 테레사 메이 영국 총리와 악수에서 여러 번 지나치게 상대국 정상의 손등을 토닥거리는 모습과는 대조적이었다.

스트롱 악수 VS 20cm 키 차이 극복한 당당한 악수

상대의 손을 지나치게 세게 잡고 흔들면서 자기 쪽으로 심하게 잡아당기며 상대의 손등이나 어깨를 토닥이는 트럼프 대통령의 스트롱 악수는 이번 북미정상회담에서는 비교적 얌전했다. 하지만 여전히 트럼프는 먼저 손을 내밀면서도 김 위원장이 자신 쪽으로 더 가까이 걸어오게 만드는 전략을 보임으로써 자신의 권력과 우월함을 과시하려는 행동이 분석되었다. 특히 트럼프 대통령과 악수를 하는 순간 대등한 모습을 연출해야 하는 김정은 위원장 입장에서는 트럼프보다 20cm 정도 작은 키 차이를 어떤 전략으로 극복할지가 관심사였다. 역시 예상대로 김정은 위원장은 트럼프 대통령을 올려다보는 제스처를 보이지 않기 위한 전략을 취했다. 즉, 김 위원장은 정면을 응시했을 때 마주하게 되는 트럼프 대통령의 입술을 중심으로 시선을 맞추고 눈을 마주 볼 때는 고개는 움직이지 않은 채 시선만 위로 올리는 전형적인 리더형 악수법을 했다.

자신의 손바닥을 보인 이유

'비핵화'라는 무거운 주요 의제를 성공으로 이끌고자 하는 의지가 큰 만큼 트럼프 대통령의 악수는 예전과 다르게 젠틀해 보였다. 회담 장소로 이동해 착석한 두 정상이 사진을 찍는 동안 트럼프 대통령은 앉은 채 김정은 위원장에게 두 번째 악수를 청했는데 손의 위치가 인상적이었다. 왜냐면 늘 자신의 손등이 보이도록 악수를 청하면서 상대방의 손바닥을 향해 찍어 누르는 식의 트럼프식 권위적인 악수가 아니었기 때문이다.

오히려 자신의 손바닥을 김정은 위원장에게 향해 보이면서 악수를 청했기 때문에 김 위원장은 자연스럽게 자신의 손등으로 트럼프의 손바닥을 덮는 리더형의 권위적 악수를 선보이는 기회를 주는 듯

했다. 상대에게 손바닥을 보인다는 것은 자신의 마음을 상대에게 다 보여주겠다는 의미의 제스처로 분석되기 때문에 북미정상회담에 앞서 김 위원장에게 화합의 의지를 재각인 하고자 한 것으로 보인다.

긴장감 속에서도 단호하지만, 상호 불신 극복 위한 화법 전략

북미 정상 단독회담 진행 전 모두발언에서 트럼프 대통령이 한 말은 바로 "아주 좋은 대화가 될 것이고 엄청난 성공이 될 것으로 생각한다. 우리는 아주 훌륭한 관계를 맺을 것. 의심할 여지가 없다." 이었다. 이에 김 위원장은 과연 어떤 화법을 구사할지가 의문이었는데 생각처럼 긴장감 속에 부드럽지만 단호한 화법 전략을 선보였다.

"여기까지 오는 길이 그리 쉬운 길이 아니었다. 우리 발목을 잡는 과거가 있고 또 그릇된 편견과 관행들이 우리의 눈과 귀를 가리고 있었는데, 모든 것을 이겨내고 이 자리까지 왔다."라며 과격하지 않은 단어선택이지만 힘든 선택과 결심으로 이 자리까지 왔음을 보여줌으로써 향후 상호 불신을 극복하려는 의지를 어필했다.

왼손에 서류철을 들고 안경을 벗은 행동분석

한반도 비핵화를 위한 첫 단계인 북미정상회담에서 보여준 김 위

원장과 트럼프의 행동을 분석해보면 긴장감과 흥분감 그리고 비장함과 기대감이 공존했다. 북미정상회담이 열린 싱가포르 카펠라호텔 회담장에 먼저 도착한 정상은 김정은 위원장이었다. 먼저 출발했지만, 회담장에 늦게 도착한 트럼프 대통령의 행동은 이번 북미정상회담에서 조급한 입장은 미국이 아니라는 모습을 의도적으로 보여주기 위한 행동으로 분석된다. 왼손에는 서류철을 들고 오른손에 안경을 벗어든 채 차에서 내린 김 위원장의 표정은 김장감과 비장함이 엿보였다.

북미정상회담에 빈손이 아니라 왼손에 서류철을 들고 입장함으로써 만반의 준비를 한 정상의 이미지를 부각시켰다. 안경을 벗은 것은 안경에 김이 서린 것이라는 일부 언론이 있어 현지 상황 확인을 재차 해봐야겠지만, 의도적인 이미지 전략의 일환으로도 분석된다. 안경을 벗은 자신의 본모습을 보여줌으로써 자신은 비핵화 관련해서 숨기는 것이 하나도 없음을 연출한 행동일 수 있다.

정상회담의 성공 여부는 두 정상의 행동 분석에서부터

회담 장소에 착석한 트럼프 대통령은 의자 등받이에 기대지 않고 상체를 앞으로 숙이고 무릎 쪽으로 내린 두 손으로 첨탑 모양을 해보이며 손가락을 맞부딪히는 행동을 보였다. 이 모습은 긴장할 때 보여주는 행동으로 트럼프 대통령에게 지난 북미정상회담의 성공 여부가 매우 중대함을 보여주는 제스처로 분석된다.

반면에 한쪽 팔을 의자 팔걸이에 올려놓은 김정은 위원장의 행동은 권위 있고 여유 있는 리더의 모습을 연출하고자 한 행동으로 판단된다. 하지만 두 정상의 발과 발 사이의 거리가 평상시보다 좁고 의자 안쪽으로 자신의 두 발이 들어가 있는 것을 보면 비장함과 긴장감이 고스란히 노출되는 행동으로 분석된다.

왜냐면 남성들의 심리적인 안정감의 폭이 클 때는 자신의 두 발간의 거리도 넓어지고 의자를 앉을 때도 의자 쪽이 아니라 바깥쪽으로 자신의 두 발을 뻗는 행동의 경향이 보이기 때문이다.

글씨체와 걸음걸이로 본, 두 정상의 이미지 분석

북한과 미국 두 정상의 글씨체에서는 권위형 리더라는 공통된 이미지가 보인다. 우측으로 상승하며 각이 살아 있는 김정은 위원장의 글씨체를 보면 일찍부터 최고지도자로서 갖추어야 하는 이미지 전략에 따라 훈련을 받아 온 것으로 보인다. 아주 높은 여러 개의 첨탑을 보는 듯한 트럼프 대통령의 사인에서도 권위적인 리더의 글씨체가 고스란히 노출된다. 북한 최고지도자로서의 권위적인 이미지가 의식적이든 무의식적이든 고스란히 노출되는 김정은 위원장이 회담장을 이동할 때의 걸음걸이를 보면 팔을 필요 이상으로 휘젓고 다리를 바깥쪽으로 차고 걷는 제스처를 볼 수 있다.

상대적으로 트럼프 대통령의 걸음걸이는 팔자걸음은 아니지만, 회담장으로 이동 시 김 위원장의 등을 손으로 자주 터치함으로써 자신이 우위에 있음을 의식적으로 연출하는 행동을 보여준다는 면에서 두 정상은 모두 상당히 강한 권위형 이미지를 가진 리더들이라고 분석된다. 북미정상회담에서 보여준 두 정상의 악수만큼, 파워풀하지만 젠틀하고 거침없는 걸음걸이만큼 시원한 동북아시아의 평화와 안정을 향한 역사적인 발걸음이 계속되길 희망해본다.

대통령 영부인들의 패션을 보면 전략이 보인다

정상회담에서 영부인들의 패션과 행동 하나하나가 늘 세간의 화제를 몰고 다닌다. 정상회담에서 정상과 영부인의 패션 및 이미지는 가장 먼저 어필하는 핵심 메시지이고 전략이기 때문이다. 예전 방한에서 한미 정상들은 서로 미리 드레스 코드를 의논이라도 한 듯 신뢰와 평화를 상징하는 파란색 넥타이를 착용했다.

도널드 트럼프 미국 대통령 부인, 멜라니아 여사는 일본 방문 때 하단이 꽃으로 장식된 화려한 코트를 입었던 것과 비교해 무난하고 차분해졌다. 와인빛 롱코트 차림으로 첫 방한을 한 멜라니아 여사가 방문하는 국가의 전통과 외교 의례를 존중하는 사려 깊은 패션을 추구한다고 하는 대변인의 말을 빌려 생각해본다면 우리나라의 우아한 곡선미를 최대한 부각하는 패션을 선택한 것으로 생각된다.

개인 취향과 패션 외교

멜라니아 여사가 입은 코트는 스페인 브랜드 제품으로 깃과 어깨선을 부각하면서도 허리선이 잘록하게 들어가 우아한 이미지를 연출했다. 금발의 긴 머리는 하나로 올려 묶어서 섹시함보다는 단정함을 추구했다, 하이힐 마니아인 그녀는 파란빛의 프랑스 브랜드 '크리스티앙 루부탱'을 신어 와인빛 의상과 잘 매치시켰다.

예전의 미국 영부인들은 외국 순방 때 주로 방문국 출신 디자이너의 옷을 입었던 반면, 모델 출신인 멜라니아는 일본 방문 때는 이탈리아 제품을 입고 신는 등 유럽 제품을 선호하는 것으로 보아 '개인 취향'을 최대한 살리면서 '패션 외교'를 하는 경향이 있다.

반면 TPO(시간, 장소, 상황)에 맞게 공식 석상에서 패션을 통해 세심하게 신경 쓰는 전략적인 이미지 스타일을 구사하는 김정숙 여사는 고급스러운 크림색에 정갈한 디자인의 롱코트와 구두로 화사한 패션 외교를 선보였다. 과거 미국 영부인 재클린 케네디나 전 영국 왕세자비 다이애나 비 등은 세계적으로 유명한 디자이너의 명품 브랜드 옷을 즐겨 입었다. 이에 비해 최근 각국의 영부인들은 공식 석상에 자국 브랜드의 의상을 입음으로써 자국의 문화와 패션을 세계에 널리 홍보하는 수단으로 지혜롭게 활용한다.

패션 이미지 브랜드 전략

개인적으로 T(Time), P(Place), O(Occasion) 시간과 장소 그리고 경우에 맞게 하는 이미지 전략을 중요시한다. 이를 한자로 표현해서 색시(色時)한 이미지 전략으로 이름 붙이곤 한다. 지지난 4월 정상회담에서 파스텔 톤의 투피스 정장으로 한반도의 분위기를 한껏 부드럽게 한 패션 외교 기억이 있어, 지난 3차 남북정상회담에서 보여줄 두 퍼스트레이디의 패션은 초관심사였다.

지난번에 남북 모두 왼쪽 어깨에 브로치로 포인트를 주었지만, 백색과 감색으로 묘하게 대비되는 느낌이 있었기에 처음 만났을 때와는 스타일이 달랐다. 3차 남북정상회담에서는 정치적 메시지를 전하기 위해 투피스와 원피스를 남청색으로만 일관되게 착용한 것으로 해석된다. 해외 방문에서는 북한을 정상 국가로 인정받기 위해 보수를 탈피한 패션을 통해 변화와 혁신을 표현하려고 애썼다면 3차 남북정상회담에서는 두 가지 패션전략의 숨은 의미가 있다. 첫번째는 우리나라를 포함해서 선진국들에게 경제적인 도움을 절대적으로 받아야 하는 입장임을 강조하고 두 번째는 사회적 이데올로기 만큼은 굳건하다는 것을 북한 국민은 물론 세계인들에게 강하게 어필하고자 한 것도 이유가 되지 않을까 싶다.

'남북평화'에 주안점을 둔 화이트&블루 패션 외교 전략

우리나라 영부인은 그동안 국제 외교 무대에서 한국 전통의 미(美)를 알리는 데 주력해왔다. 지난해 인도네시아, 미국 순방길에서는 두루마기를 모티브로 한 겉옷을 걸치기도 했다. 베트남 순방길에는 하얀색 셔츠에 노리개를 연상케 하는 목걸이로 포인트를 주어 인상 깊었다. 그러나 지번 제3차 남북정상회담에서는 '남북평화'에 주안점을 둔 화이트와 블루 색상의 의상을 조화롭게 선택함으로써 이번 남북정상회담의 성공을 패션 외교로 선보였다고 보인다. 정상회담 첫날 공식 환영식에서 흰색 투피스를 입은 영부인은 아동 병원을 방문할 때 블루 계열의 편안해 보이지만 격식 있는 재킷을 선택했다. 그리고 부부 동반 예술 공연 관람 시에는 화이트 저고리와 블루 계열의 치마 한복을 우아하게 입고 품격있는 분위기를 내며 T(Time), P(Place), O(Occasion) 시간과 장소 그리고 경우에 맞게 하는 이미지 전략을 선보였다.

판문점의 봄이 평양의 가을로 이어져 완벽한 결실로!

　진정한 이미지 전략의 본질은 겉포장만 잘해서 허상을 만드는 개념으로 해석해서는 곤란하다. 이미 구축된 내면을 효과적으로 잘 어필해서 추구하는 목표에 도달할 수 있도록 하는 것이다. 그래서 내실이나 내공 없이 단순히 이루어지는 패션이나 이미지 전략은 모래성처럼 허상으로 끝나버린다.

　지난 제3차 남북정상회담에서 남북측 퍼스트레이디가 보여준 패션을 통한 이미지 전략이 성공적인 남북정상회담 결과를 탄생시키는 데 영향을 주는 촉매제가 되려면 가장 중요한 것은 남북 정상 간의 '비핵화를 통한 평화 의지'가 확고해야 할 것이다. "판문점의 봄이 평양의 가을로 이어졌으니 이제는 정말 결실을 맺어야 한다."라고 했던 대통령의 말이 현실로 이루어지길 간절히 바란다.

🌱04 : 메라비안차트에서 55%를 차지하는
시각적인 이미지파워

미국 UCLA의 명예교수인 앨버트 메라비안에 의해 알려진 '메라비안 차트'에 의하면 사람과 대화를 할 때 느껴지는 이미지는 표정, 옷차림, 자세 등 시각적인 이미지가 55%, 음성, 말 속도, 억양 등 청각적인 이미지가 38% 그리고 말의 내용이 7% 영향을 미친다고 한다.

이에 대한 연구는 미국 UCLA 명예교수인 심리학자 앨버트 메라비안(Albert Mehrabian)의 책 《침묵의 메시지(Silent Messages)》에도 나온다.

그는 두 번의 실험을 한 결과, 사람 간의 의사소통에서 언어적 요소의 중요성은 7%에 불과하고, 청각적 요소는 38%, 시각적 요소는 55%를 차지하는 것으로 나왔다. 이렇게 나온 7:38:55 비율을 메라비안 법칙이라고 부른다.

결국, 좋은 콘텐츠도 중요하지만 한정된 시간 내에 좋은 이미지를 형성하기 위해서는 시각적으로 보이는 이미지와 청각적인 이미지가 동반되어야 효과적이라는 논리다.

함께 해봐요

● 메라비안 차트로 볼 때 자신의 시각적, 청각적, 언어적 이미지는 어떤가요?

– 시각적인 이미지

– 청각적 이미지

– 말의 내용

세계에서 가장 영향력 있는 여성 9년 연속 1위

2005년 독일 최초의 여성 총리가 된 뒤 4번째 임기를 수행하고 있는 앙겔라 메르켈 독일 총리가 미국 경제전문지 포브스가 선정한

'세계에서 가장 영향력 있는 여성 100인'에서 9년 연속으로 1위를 차지했다. 메르켈은 그동안 친근한 이미지로 권력을 과시하지 않고 부드러운 의사 표현 방식을 선호하며 화합을 중시하는 지도자상을 보여줬다. 독일어로 '엄마'라는 뜻인 '무티(Mutti)'라는 별명이 붙었을 정도다.

그리고 백만 명이 넘는 시리아 난민을 독일로 받아들이기도 했지만 2015년 독일 공영방송 NDR의 대담 프로그램에서 추방을 앞둔 난민 소녀에게 "우리가 난민을 전부 받아줄 수는 없다."라고 냉정한 대답을 해서 언론의 거센 비난에 휩싸이기도 했다. 아울러 원칙주의적인 면모를 강조하며 '철의 여제', '얼음 여왕'이라는 평가를 받고 있다. 하지만 전반적으로 강철같이 냉철한 지도력을 인정받고 있는 그녀는 사실상 유럽의 지도자로서 역내 가장 큰 경제 강국인 독일을 이끌며 금융 위기를 헤쳐 내고 성장을 재개시켰다는 평판이 있다.

트럼프 대통령의 국정연설문을 찢어버린 펠로시 하원의장

1987년에 정계에 입문한 낸시 펠로시는 2002년 하원 민주당 대표로 선출되었고 2006년 민주당이 하원과 상원을 모두 장악하자 펠로시는 여성으로서 미국 정치사상 최초로 하원의장이 되었다. 낸시 펠로시의 패션 감각은 예전부터 화제가 되었었다. 그녀는 빨간색이나 초록색 등 강렬한 색상의 정장들을 잘 소화해내는 퍼스널 이미지 메이킹 전략을 통해 당당한 여성 정치인으로서의 브랜드평판을 고수했다.

2019년 1월 민주당이 하원을 장악하자 하원의장으로 복직한 펠로시 의장은 트럼프 대통령에 대한 강력한 비판가로서 트럼프 대통령에 대한 탄핵 심판을 주도했다. 지난 2월 미 하원 본회의장에서 진행된 트럼프의 연설이 끝나자 의장석에 있던 그녀는 연설문이 거짓투성이라는 메시지를 던지고 네 번에 걸쳐 찢음으로써 보여주었다. 그것은 그대로 전 세계인들에게 생중계되었다.

타임지가 선정한 올해의 인물, 17세 소녀

2003년생인 스웨덴의 10대 그레타 툰베리는 이제 모르는 사람이 없을 정도로 유명한 환경 운동의 아이콘이다. 과격한 시위도 아니고, 큰 금액을 기부한 것도 아닌 툰베리가 세계적 유명인이 된 것은 2018년의 일이다. 환경문제에 아무런 대응도 하지 않는 국회에 항의하는 의미로 국회의사당 앞에서 #Fridays For Future라는 이름의 파업을 시작한 것(현재는 #schoolstrike4climate로 진행 중). 일종의 등교거부인 그의 행동은 SNS를 타고 전 세계로 전파됐다.

사람들로 하여금 귀 기울이게 한 그의 말이 있다. "왜 우리의 눈앞에서 우리의 미래를 훔쳐 가는 건가요?", "어떻게 감히 그래요(How Dare You)?" 2019년 타임은 그녀를 '올해의 인물'로 선정했다. 툰베리가 유엔 기후 액션 서밋에 참석하는 동안 지도자들과 국회의원들, 그리고 안토니오 구테레스 유엔 사무총장 앞에서 연설을 한 당찬 소녀의 브랜드가 과연 세계 환경에 어떤 영향을 미칠지 기대된다.

영감을 주는 토크쇼의 여왕 오프라 윈프리

'토크쇼의 여왕'인 미국 방송인 오프라 윈프리가 코로나19 사태 대응을 위해 1000만 달러(약 123억 원)를 기부하기로 하면서 역시 그녀답다는 소리를 듣고 있다. 미 시사주간지 뉴스위크에 따르면 트럼프 대통령은 1999년 CNN의 토크쇼 '래리 킹 라이브'에 출연해 대선에 출마한다면 윈프리를 첫 번째 러닝메이트로 꼽을 것이라고 말하기도 했다.

오프라 윈프리는 시골인 미시시피주에서 사생아로 태어났다. 태어났을 때 어머니께 버려졌고 할머니와 함께 살면서 역경과 고난을 겪어야 했다. 그녀는 14살에 미혼모가 되는 아픔에 2주 후에 생명을 다하는 그녀의 아이를 보는 고통을 겪었다. 1983년 오프라 윈프리는 시카고에서 30분 정도의 시청률 낮은 아침 토크쇼를 맡게 되었다. 그녀가 진행한 지 얼마 지나지 않아 그 프로는 시카고에서 가장 인기 있는 토크쇼가 되었다. 세계적인 '오프라 윈프리 쇼'는 2011년을 끝으로 막을 내렸지만 오프라 윈프리의 브랜드는 흑인 여성으로서 는 최초의 억만장자이자 관대한 자선가로서 전 세계인의 가슴속에 별처럼 반짝거리고 있다.

퍼스널 이미지 브랜딩을 한 스카프 닥터

요즘 미국 백악관의 신종 코로나바이러스 감염증(코로나19) 태스크 포스(TF) 브리핑 때 가장 주목받는 인물 중 한 명은 바로 '스카프 닥 터'라 불리는 데버라 벅스 코로나19TF 조정관이다. 미국 백악관에 서 열린 코로나19 대응 정례 브리핑에 참석할 때마다 근거를 토대로 한 논리와, 단호하지만 차분한 화법과 태도 그리고 화려한 색상과 패턴이 눈에 띄는 스카프를 이용한 패션 코드로 이목을 끌고 있다. 그래서 '스카프 닥터'라는 닉네임도 생겼다. 워싱턴포스트(WP)는 그 녀의 스카프패션을 보면서 정치인의 정장 차림도 아니고, 의사들이 입는 흰 가운도 아니고, 식상한 학자의 옷차림이 아닌 스타일이라고 평했다. 그러면서 코로나 블루로 우울할 수 있는 시기이지만 희망을 잃지 않고 우리 스스로를 잘 보살피는 것이 중요하다는 메시지를 주 는 것이라고 분석했다.

문화와 정서에 따라 다르게 받아들이는 이미지

국가적 재난 상황에서는 브리핑하는 위치에 있는 사람의 옷차림은 그 자체로서 메시지의 역할을 한다. 우리나라와 같은 동양권에서는 아마도 코로나19처럼 심각한 상황에 너무 밝고 화사한 스타일로 브리핑을 하는 것에 대해 거부감을 드러낼 수도 있을 것이다. 오바마 미국 전 대통령도 47세에 미국 대선 레이스에 뛰어들면서 흰머리가 늘기 시작하더니 취임 후 대공황 이후 최악의 경제위기에 대처하면서 스트레스를 크게 받은 탓인지 백발이 늘어 화제가 됐다. 우리나라의 경우는 코로나19 문제가 심각해지면서 검은색으로 염색하지 못한 채 새치가 늘어나는 질병관리본부장의 머리를 보면서 '얼마나 바쁘면……' 이라고 생각을 하는 성향이 짙다. 이처럼 문화권에 따라서 다르게 해석 가능하다. 그것을 받아들이는 상대에 따라 달라지는 법이니 옳고 그르다를 쉽게 판단할 수는 없는 일이다. 그래서 자신이 속한 문화의 특성을 제대로 잘 파악하는 것이 브랜딩 전략의 관건이다.

함께 해봐요

● 내가 속한 조직의 문화와 정서를 토대로 자신의 이미지는 어떤 평가를 받고 있을까요?

- 좋은 점

-아쉬운 점

내 삶이 한 권의 책이라면

지난 2016 브라질 리우데자네이루 여름 패럴림픽 개막식에서 의족을 찬 채 로봇과 격정적인 삼바를 추는 한 여인이 화제가 되었다. 그녀는 바로 미국 스노보드 선수 에이미 퍼디였다. '의족 댄서'라고 불리는 그녀는 소치 동계패럴림픽 동메달리스트이자 이번 평창 동계패럴림픽의 은메달리스트이기도 하다. 퍼디는 19세 때 뇌수막염을 앓은 뒤 두 다리와 한쪽 청력을 잃었다. 너무 고통스럽고 부자유스러워서 '이 의족을 신고 이제 세상을 어떻게 여행할까?'라는 생각밖에 할 수 없었다. '항상 소망했던 모험과 흥미진진한 이야기로 가득 찬 삶을 이제 어떻게 살 수 있을까?'

절망에 빠진 퍼디는 15살 때부터 타던 스노보드를 다시 탈 수 있을지 두려웠다. 고뇌의 늪에 헐떡이던 그녀는 어느 순간 삶을 결정짓는 질문을 스스로 던졌다. '내 삶이 한 권의 책이라면, 어떤 이야기를 담을까?' 그리고 꿈을 꾸기 시작했다. 우아하게 걸어가고, 여행하면서 다른 사람들에게 도움을 주고, 다시 스노보드를 타는 모습을 상상했다. 그리고 그때 자신 인생의 새로운 장이 열림을 직감했다. 눈물 나는 노력 끝에 다리를 잃은 1년 4개월 만에 스노보드를 다시 탈 수 있게 되었고 그녀는 결국 미국 국가대표 스노보드 선수라는 퍼스널 브랜드를 움켜쥐었다. 이처럼 자신의 내면의 움직임이 퍼스널 브랜딩의 출발점이다.

향수를 사는 것이 아니라 아름다움을 사는 것

나는 향수를 모으는 것을 즐겨한다. 물론 선호하는 향이 있지만, 향수를 광고하는 모델의 이미지에 영향을 받는 것도 사실이다. 얼마 전에 꽤 고가인 향수를 계획 없이 사게 된 것도, 너무 아름다운 광고 모델의 이미지 때문이었다. 나도 저 향수를 뿌리면 저 모델처럼 우아한 아름다움을 지닐 수 있을 거라는 아름다운 착각으로. 결국, 많은 여성이 향수를 사지만 향수를 사는 것이 아니다. 바로 아름다움을 사는 것이다.

2018년 할리우드에서 최고액의 광고료 약 621억 원을 받았던 프랑스 명품 브랜드 크리스찬 디올 향수 자도르의 광고모델 샤를리즈 테론이다. 영화 '핸콕'에서 배우 윌 스미스와 함께 초능력자로 나온 배우로 오랫동안 아름다움을 잘 관리하는 여배우다. 이처럼 제품이나 조직의 브랜드 이미지를 강화해주는 광고모델의 이미지는 소비자의 지갑을 열게 하는 힘이 있다.

매혹적인 태도로 마음을 뒤흔든 황진이

부와 권력이 남성에게 주로 집중되던 과거, 여성으로서 자신의 이름을 역사에 남기기란 무척 어려운 일이었다. 문사이자 현모양처로 존경받는 신사임당이나 불운한 천재 시인 허난설헌, 그리고 훌륭한 장사꾼이었던 김만덕도 많은 사람에게 회자되고 있다. 그중 둘째가라면 서러울 이름이 있으니 황진이다. 학창시절 교과서에도 자주 보던 그 이름. 박연폭포와 서경덕과 더불어 송도삼절로 불리는 천하명기 황진이에 얽힌 이야기는 참 많다.

15살 때 어느 동네 총각이 황진이를 보고 한눈에 반해 상사병에 걸렸고 중매를 넣었지만, 황진이의 어머니가 거절하였다. 결국, 동네 총각은 상사병으로 세상을 떠났으며 장례를 치르는 도중 상여를 옮기는데 상여가 황진이의 집 앞에서 꿈쩍도 하지 않자 황진이가 나와서 관을 어루만지고 위로하고 나서야 상여가 움직였다는 믿을 수 없는 이야기도 있다.

황진이는 완벽한 미인이라기보다는 시와 가야금 등 악기를 다루는 재주가 일품인 매혹적인 여성으로 해석하는 경향이 높다. 특히 기품 있는 말씨와 춤사위에서 보여주는 손짓과 몸짓이 일품이었던 듯하다. 역사에 이름을 날린 것은 물론 후대에도 끊임없이 대중문화에서 재해석되고 있으니 참 대단한 퍼스널 브랜드가 아닐 수 없다.

나를 설명하는 힘

05 : 친숙한 얼굴의 비밀, 매력적인 진화

길거리에서 유난히 낯선 사람에게 위치에 대한 질문을 많이 받게 되는 사람들이 있다. 그들에게는 공통점이 있는데 바로 친숙한 얼굴이라는 사실이다. 친숙한 얼굴이라는 의미는 평균적인 얼굴이라는 의미이기도 하다. 그런데 평균적인 얼굴이 매력적인 얼굴이라는 사실을 인지하는 경우는 많지 않다. 연구에 의하면, 평균 얼굴이 매력적이다. 의외로 많은 사람의 얼굴을 합성할수록 우리가 매력적이라고 생각하는 이런 미남미녀들의 얼굴이 나온다고 한다.

10명의 얼굴을 합성했을 때 보다 50명의 얼굴을 합성했을 때가, 50명보다 100명을 합성했을 때가 더 아름답다고 생각되는 얼굴이 나온다는 사실, 뜻밖이다. 이 결과는 통계와 진화론으로 해석이 가능하다. 다양한 얼굴이 합성될수록 이전에 본 듯한 친숙한 요소들이 섞이면서 전반적으로 친숙도가 높은 얼굴이 된다는 이론이다. 그러면서 자연스럽게 형태 자체도 대칭적인 모양이 나오기 때문이다. 그럴듯하다.

결국, 매력적이라는 것은 바로 주어진 환경에서 무난하게 생존하기에 유리한 위치에 있는 것으로 평균성을 갖고 있다고 해도 무리가 아니다. 그리고 보면 '어디서 많이 뵌 것 같은데요!' 라는 말은 최고

의 찬사일지도 모르겠다. 하지만 세대와 계층에 따라서 호감을 갖는
얼굴의 이미지는 다를 수 있다.

매력적이라는 것은 바로 친숙한 것...

나를 설명하는 힘

⚜06 ⁝ 세계적으로 아름다운 사람들의 공통점

　　아름다운 여인이라고 하면 대표적으로 먼저 떠오르는 인물들이 있다. 뛰어난 아름다움과 현숙함으로 백성들의 칭송을 받았던 이집트의 네페르티티 왕비부터 중국의 양귀비가 대표적이다. 그리고 미국의 여배우 메릴린 먼로와 모로코 왕비였던 그레이스 켈리를 빼놓을 수 없다. 이들의 아름다운 얼굴에는 공통점이 있는데 그것이 바로 얼굴의 황금비율이다. 1 대 1.618 비율의 황금비는 예전부터 아름다움의 정도를 측정하는 하나의 잣대였다. 입술에서 코끝까지의 길이와 코끝에서부터 두 눈의 중점까지의 길이가 황금비를 이룰수록 미인에 가깝다고 한다. 턱 끝에서부터 이마 끝까지의 길이와 턱 끝에서부터 두 눈의 중점까지의 길이 또한 마찬가지다. 하지만 이들의 아름다움에 화룡점정은 다름 아닌 '진심에서 나오는 소박한 미소'다.

　호감을 주는 얼굴들, 편안한 여유

　　호감을 주는 얼굴빛은 '소박한 백자'처럼 은은하지만, 광채가 난다. 오랫동안 최고경영자과정에서 '성공적인 이미지 메이킹 전략'을 진행하고 있다. 함께 하는 CEO 중 얼굴 표정이 가장 좋은 학습자에게 내 책을 선물하곤 한다. 선별 기준은 편안하고 여유 있는 얼굴색이다. 즉, '화안열색시(和顏悅色施)' 다.

자비롭고 미소 띤 얼굴, 화안열색시

매력 있는 사람들의 얼굴에는 공통점이 많다. 얼굴이 환하고, 눈빛이 살아 있으며, 눈 맞춤이 좋다. 얼마 전, 최고 경영자 과정에서도 우열을 가리기가 쉽지 않았다. 하지만 특히 나의 눈을 사로잡는 학습자가 있었다. 얼굴빛이 남달랐다. '아름다운 인생은 얼굴에 남는다.' 라고 한 원철 스님의 말씀처럼, 얼굴에 '아름다운 인생' 이라는 브랜드가 찍혀 있는 것 같았다.

은은하지만 광채가 나는 얼굴빛은 어디에서 오는가?

기분 좋은 얼굴빛과 외적인 향기는 내면의 향기에서 흘러나온다. 얼굴은 '영혼의 통로' 라고 하지 않던가! 진정한 아름다움 관련 사례를 보자. 한 현인이 송나라에 가다가 한 여관에 묵었다. 그 여관에는 두 명의 여자가 있었는데, 한 명은 외모가 아름다웠고 다른 한 명은 외모가 아름답지 않았다. 아름답지 못한 여자는 말하는 태도나 행동 하나하나가 고귀했다. 하지만 외모가 출중하게 아름다운 여자는 매사의 행동이나 말씨가 천하기 그지없었다.

아름다운 여자와 자만심

사람들은 비록 외모는 아름답지 않지만 품격 있는 태도를 지닌 여성을 아름답다고 칭송했다. 지나가던 행인이 그 연유를 묻자 여관 주인이 대답했다. "아름다운 여자는 스스로 아름답다고 하는데 난 어디가 아름다운지를 모르겠어요. 못생긴 여자는 스스로 못생겼다고 하는데 난 어디가 못생겼는지를 모르겠어요." 현자가 말했다. "제자들은 잘 기억하거라! 현명하게 행동하면서 스스로 현명한 행동을 했다는 생각을 버리면 어찌 사랑스럽지 않으리!" 이처럼 아무리 외적 아름다움을 지녔다고 하더라도 내면이 자만으로 가득 차 있다면 외면의 아름다움은 빛을 잃는다. 이처럼 외적인 향기는 내면의 향기에서 흘러나온다.

외적인 아름다움에 현혹되는 시대

외적인 아름다움에 격렬하게 휘둘리는 21세기라고 해도 과언이 아니다. 내가 마음속에 항상 저장해두는 문구가 있다. "아름다움은 얼굴에 있지 않다. 그것은 마음속의 빛이다. (Beauty is not in the face; beauty is a light in the heart.)" 20세기 초 산문시집 '예언자(The

Prophet)'를 쓴 칼릴 지브란(Khalil Gibran, 1883-1931)의 말이다. 하지만 아쉽게도 21세기 사회는 내면의 아름다움만 추구하지는 않을 뿐만 아니라 오늘날 사람들은 그 어느 때보다 더 격렬하게 외적인 아름다움에 휘둘리고 있다. 그런데 알고 보면 그 외적인 아름다움은 사실은 얼굴이나 몸매의 황금비율이 아니라 내적인 향기에서 비롯된다.

가파르게 성장하는 미용 성형시장 규모

21세기는 부유해질수록 아름다움에 허기지는 사회다. 분명한 것은 아름다워지려는 사람들의 열망이 사라지지 않는 한 이 시장은 끊임없이 커지리라는 점인데, 지혜로운 사람들은 외적인 성형만으로는 완벽한 아름다움을 가질 수 없음을 발 빠르게 알아차린다. 내적인 자신감이 뒷받침되지 않는 외적인 아름다움은 모래성과 같다는 사실을 귀신같이 알아차린다. 그런 그녀들이 남몰래 마음의 수첩에 각인하면서 자신의 경쟁력으로 만들려고 무던히도 노력하는 것은 바로 내면의 성장과 성숙이다.

내적인 아름다움의 성장에 신경을 쓰는 지혜

누구나 얼굴과 몸매를 아름답게 가꿔야만 한다는 것은 현대 자본

주의사회의 지배적인 이데올로기가 됐다. 지혜롭지 못한 경우, 껍데기에 불과한 이런 사실만을 인식한 채 외적인 성형에만 시간과 돈을 투자한다. 실속 없는 판단이다. 반면에 지혜로운 사람은 비단 외적인 아름다움만이 전부가 아님을 간파하는 똑똑한 판단력을 가졌다. 사람들의 마음을 진심으로 휘어잡을 수 있는 것은 보톡스로 빵빵해져서 주름 하나 없는 방부제 미인이 아니다. 자신만이 낼 수 있는 향기와 주변에서 원하는 향기의 공통분모를 찾아 똑똑하게 조제할 줄 하는 지혜로움이 필요할 때이다.

시대에 따라 변하는 외적인 아름다움의 기준

퍼스널 이미지가 중요해지는 요즘이다. 살벌한 뷰티 정글경제에서 외적인 아름다움에만 투자를 하는 것은 투자의 기대수익률(expected rate of return)에 비해서 리스크(risk)가 실로 크다. 왜냐면, 시대와 문화에 따라 외적인 미에 대한 인식은 빠르게 변화하기 때문이다. 결국, 리스크를 줄일 수 있는 분산투자(diversification)와 옵션(option) 전략이 무척 중요하다. 그래서 지혜로운 여자들이 쓰는 SMILE 분산투자와 옵션은 실로 전략적이라 할 수 있다. 그 이유는, 19세기 아일랜드 작가 마거릿 울프 헝거포드(Margaret Wolfe Hungerford)가 한 말처럼 아름다움은 보는 이의 눈 속에 있기 때문이다.

코로나, 마스크의 생활화로 립스틱보다 눈 화장

글로벌 뷰티 컨설팅 기업인 뷰티스트림즈가 신종 코로나19로 인한 화장품 업계의 변화를 예측한 결과, 사람들에게 심리적·경제적으로 직접적인 영향을 줄 뿐만 아니라, 마스크 착용이 보편화 되면서 화장법이 바뀔 수 있다는 분석을 했다. 립스틱보다는 눈 화장, 머리카락 염색이 더 중요해질 것이고 입술 제품은 색상보다는 보습 기능에 초점을 맞춘다는 거다. 얼굴이 훤하게 보이는 투명마스크의 등장으로 얼굴을 모두 가리지 않을 수도 있겠지만 일반적으로는 입을 가리는 마스크 착용이 더 많아지면서 눈화장이 포인트가 된다는 점에 공감한다.

화상 회의 늘면서 화면 전용 메이크업 등장

대기업이나 외국계 기업에선 이미 재택근무가 일반적인 근무 형태로 자리 잡았을 가능성이 있다. 이런 분위기대로라면 남의 시선을 의식하기보다 자신의 기분을 만족시키는 데 초점을 맞춘 화장품이 더 많아질 것 같다는 뉴스를 보면서 고개가 끄덕여졌다. 그뿐만 아니라 언택트 면접이나 화상 회의가 늘어나면서 화면에서 본인의 장점을 살리고 단점을 가리는 화장법이 인기를 끌 것으로 보인다. 화

장으로 자신을 잘 설명해야 하는 우리 입장에서는 기억해야 할 부분

이기도 하다.

코로나, 마스크의 생활화로 립스틱보다 눈 화장

화상 회의 늘면서 화면 전용 메이크업 등장

✤07 : 소비자 브랜드 빅데이터 분석, 유명인 브랜드평판

제품이나 기업뿐만 아니라 유명인들도 브랜드 평판을 매달 발표하고 있다. 브랜드 평판이란, 소비자들의 온라인 습관이 브랜드 소비에 큰 영향을 미친다는 전제하에 만들어진 데이터다. 즉, 브랜드 빅데이터 분석을 통해서 만들어진 지표라고 할 수 있다. 이 지표를 통해서 매달 소비자들이 가장 선호하는 제품이나 기업뿐만 아니라 연예인들까지 분석이 가능하다.

그럼 가장 최근 브랜드 평판 결과는 어떻게 나왔을까?

국내 브랜드 가치를 분야별로 매월 발표하는 지표인 브랜드 평판은 수많은 연예인이 선망하는 분석 평가다. 2020년 들어 첫 달 1월에 1위로 스타트를 한 연예인은 보이그룹 개인 부분 BTS 지민이다. 이것은 소비자 행동 분석을 통해 보이그룹 브랜드에 대한 참여지수, 미디어지수, 소통지수, 커뮤니티지수 측정 결과라고 할 수 있다. 그룹이 아니라 아이돌 개인 브랜드 평판은 방탄소년단의 멤버인 지민이 4개월 연속으로 브랜드 평판 1위를 차지했다. 이어 2위는 가수 강다니엘, 3위는 방탄소년단 멤버 정국으로 분석됐다. 지민, 정국에 이어 방탄소년단 멤버 모두는 브랜드 평판 15위권 안에 들며 높은 인기를 보여줬다.

08 : 승승장구인 방탄소년단의 인기

한·일 갈등이 심화된 요즘에도 방탄소년단은 일본 오리콘 차트에서 4일 연속 정상을 차지했다. 방탄소년단은 음반 판매뿐만 콘서트에서도 일본 관객들을 환호시키면서 뜨거운 인기를 증명했다. 이처럼 브랜드 평판이 높은 그룹이나 개인은 주변 환경의 변화에도 불구하고 두터운 고유의 팬들을 응집시키는 강한 힘이 있는 브랜드로 인식된다. 요즘에는 브랜드가 확장되어서, 연예인뿐만 아니라 개인에게도 고유한 퍼스널 브랜드(Personal Brand)의 중요성이 인식되고 있다. 얼마 전에 아는 지인을 만났는데 퍼스널 브랜드를 구축한 명품 인재 대열에 끼기 위해 노력중이라고 한다.

✦09 : 성공적인 퍼스널브랜드로
가치를 인정받는 직장인

브랜드 평판이 이제는 누구에게나 필요한 경쟁력이 되고 있다. 그런데 명품인재가 무엇일까? 명품인재가 무엇이냐고 내가 지인에게 물어보니, 명품인재는 이런 퍼스널 브랜드를 성공적으로 구축해서 인력 시장에서 높은 가치를 인정받는 직장인을 말한단다. 명품 브랜드의 제품이 뛰어난 품질로 소비자들의 신뢰를 얻고 소비자들의 생활 가치 향상에 공헌하는 것과 같이, 명품인재도 마찬가지다. 자신의 퍼스널 브랜드를 기반으로 기업의 요구에 부합하는 능력을 발휘해서 기업의 성과 창출에 크게 공헌한다.

성공적인 퍼스널 브랜드로 가치를 인정받는 직장인

10 : 승진에서도 유리한 브랜드 경쟁

미국의 한 조사 결과에 따르면, 브랜드 콘셉트와 비전을 가지고 있는 직장인이 그렇지 않은 직장인보다 10% 이상 높은 연봉을 받고 있다고 한다. 결국, 퍼스널 브랜드 구축은 1년 후가 아니라 5년, 10년 후의 자기 가치를 향상하는 효과적인 방법이다. 'Brand yourself'의 저자 데이비드 앤드루시아(David Andrusia)는 "자기 분야에서 최고가 되려면 무조건 열심히 하는 것 이상의 그 무엇이 필요한데, 그것이 바로 자신을 브랜드화하는 전략이다"라고 말했다.

함께 해봐요

● 자신의 퍼스널 이미지 브랜드 지수는 어떻게 변하고 있는지 그려볼까요?

고객의 기대 가치를 반영한 브랜드 약속과 직원 브랜딩

핵심 키워드를 떠올릴 때 가장 먼저 연결되어서 떠올려지는 것이 바로 브랜드 경쟁력이다. 요즘에는 직원 브랜딩도 점점 중요해지고 있다. 직원 브랜딩과 같은 의미의 용어는 내부 브랜딩이다. 내부 브랜딩이란, 고객의 기대가치를 반영한 브랜드 약속을 직원을 통해서 고객에게 전달시키기 위해 직원들에게 회사의 브랜드 가치와 정체성에 대해 인지시키고 지원하게 하는 일련의 활동이다.

내부 브랜딩이란 용어 개념이 회사 브랜드에 대한 직원의 의식과 태도를 지칭하는 것이라고 할 수 있다. 그러니까 직원이 기업의 브랜드 약속을 고객에게 전달하는 〈브랜드 대사(brand ambassador)〉가 되는 셈이다. 어떤 매장을 자주 가보게 될 때 그 매장의 제품도 좋지만, 직원이 믿을만해서 가게 되는 경우를 떠올리면 된다.

기업이나 가게의 성장과 수익 창출을 도와주는 직원 브랜딩

고객 입장에서는 직원 개개인의 이미지나 브랜드를 통해서 바로 그 제품이나 기업 이미지를 느끼게 되는 경우가 적지 않다. 그래서 그 브랜드를 결정짓게 하는 것을 전문용어로 'MOT(Moment of truth)'라고 한다. 즉, 진실의 순간이라고 표현된다. 이는 기업의 브랜드 성과를 높이기 위하여 고객과 직접 대면하는 '직원'을 중요한 브랜드 자원으로 인식할 필요성이 있음을 시사한다. 이처럼 직원들이 자신이 소속한 회사의 브랜드에 대해 어떻게 인식하고 어떤 형태의 지원 활동을 하는가에 대한 중요성, 즉 직원 브랜딩은 최근 기업은 물론 작은 가게의 성장과 수익 창출을 위해서라도 매우 중요하다. 동네 음식점이나 슈퍼를 생각해보자. 음식 맛도 중요하지만, 그 음식 맛을 더 맛깔스럽게 하는 것은 바로 '시원한 콩국수 나왔습니다. 맛있게 드세요!' 라고 찰지게 말하는 직원이다. 이것이 바로 개인의 브랜드다.

자신의 이름을 브랜드화하기 시작한 디올

이름이 하나의 브랜드로 등장한 것은 1960년대로 유명해진 디자이너로부터 시작했다. 특히, 그 당시 디올은 자신의 이름을 아예 라이선스로 등록하기도 했다. 피에르 가르뎅 역시 점차 유명해지자 디올처럼 자신의 이름을 라이선스로 등록했다. 당시 치솟는 인기로 라이선스는 모든 분야의 제조업들이 선호하는 브랜드가 되었다. 나 또한 이름 브랜드가 아직은 많이 약하지만 큰 뜻을 펼칠 날을 기대하면서 나 자신의 이름을 넣어 회사명을 만들었었다. 그러니 나 또한 라이선스 등록을 한 셈이다.

11 : 성공적인 퍼스널 브랜드가 있는
유명인들의 공통점

이름만 대면 대다수의 사람들이 아는 그들, 즉 퍼스널 브랜드가 있는 유명인들의 공통점은 무엇일까? 성공적인 퍼스널 브랜드관리는 차별화라는 공통점이 있다. 물론, 자신을 제대로 아는 것에서부터 시작한다. 하지만 결국은 남과 다른 '자신만의 색깔' 즉 차별화로 승부를 걸 때 빛난다. '사람들은 내가 옷 입은 모습을 보고 비웃었지만, 그것이 바로 나의 성공 비결이었다. 나는 그 누구와도 같지 않다.' 라고 당당하게 말한 코코 샤넬처럼 말이다.

신뢰의 이미지는 진실과 노력이 만나야

많은 사람이 신뢰를 주는 이미지와 브랜드를 선호한다. 이렇게 되기까지는 많은 과정이 있었다. 사람은 믿는 사람의 말만 믿는다. 그래서 이 시대의 많은 사람이 자신을 '믿을 만한 사람의 이미지로' 만들려고 안달이다. 일단 그런 이미지로 만들면, 자신의 말에 힘이 실리기 때문이다. 하지만, 그런 이미지는 뚝딱 이루어지는 것이 아니라, 진실과 노력이 만나 자연스럽게 숙성되어야만 제대로 배어 나온다.

오늘은 자신만의 브랜드를 만들어보는 날

　퍼스널 브랜드를 성공적으로 만든 사람들은 남들과의 차별화와 함께 끊임없는 노력한 결과다. 그들은 약점을 보완하는 데 주력하기보다 강점을 효과적으로 부각한다. 그래서 자기만의 색깔을 창조하는 것이다. 다양한 색상의 옷을 입은 사람보다 단색의 옷을 입은 사람을 더 쉽게 기억하는 것과 같은 이치라고나 할까. 오늘은 자신만의 이미지, 남들과는 다른 자신만의 브랜드를 한번 만들어보면 어떨까 싶다.

함께 해봐요

● 자신만의 브랜드를 만들어 볼까요? 구글에 자신의 이름을 검색하면 연관검색어로 가장 먼저 뜨면 좋을 만한 단어 세 가지를 정해보고 그 이유를 생각해볼까요?

– 자신의 희망 연관검색어 세 가지

– 그 이유는 무엇인가요?

– 희망을 이루기 위해 자신이 가장 먼저 해야 할 것은 무엇인가요?

입 모양에 따라 달라지는 퍼스널 이미지 호감도

주변을 보면 바라보기만 해도 기분이 좋아지는 미소를 지닌 사람들이 있다. 좋은 첫인상과 얼굴에는 어떤 관계가 있는 걸까? 좋은 첫인상을 결정하는 얼굴 부위에 관한 연구결과가 있다. 미국 국립과학원 회보(PNAS)에 발표된 영국 요크대 심리학과의 톰 하틀리 교수 연구다. 그는 첫인상에 영향을 줄 수 있는 얼굴의 특성을 65가지로 정리했다.

　머리의 길이와 너비, 눈썹의 색과 굴곡, 코가 휘어진 정도, 면도 상
태 등을 세세하게 고려했다. 그 결과, 우선 상대방에게 다가가기 쉬
운 정도와 가장 깊은 관련이 있는 것이 있었다. 바로 입 모양이다.
입의 가로 길이가 길고, 윗입술과 아랫입술의 각도가 클수록 호감도
가 높았다. 더불어서 미소 짓는 입 모양과 인중의 길이가 짧을수록
호감 도는 높다는 결과가 나왔다. 그렇다면 2020년 세계에서 가장
영향력이 있는 여성들의 인상도 이와 같을지 궁금해진다.

입 모양에 따라 달라지는 퍼스널 이미지 호감도

12 : 브랜드 가치 높이는 스포츠

        인기 있는 프로 스포츠팀은 그 자체로 수조 원대의 경제적 가치를 지니고 있다. 미국 경제 전문지 포브스가 지난해 7월에 발표한 구단 가치 순위에 따르면 미국 NFL의 댈러스 카우보이스가 50억 달러를 기록해 1위에 올랐다. 2위는 미국 메이저리그(MLB)의 뉴욕 양키스고 스페인 프로축구 프리메라리가의 레알 마드리드가 3위를 기록했다. 프로 스포츠팀이 지역 경제에 미치는 파급 효과도 큰데 추신수 선수의 소속팀인 텍사스 레인저스는 12억 5000만 달러를 들여 새 홈구장 '글로벌 라이프 필드'를 짓고 있다. 텍사스 레인저스가 새 홈구장을 짓는 것은 경제적 효과를 고려해서인데 프로 스포츠가 지역 경제에 미치는 파급 효과는 이번 코로나19 사태를 통해서도 확인되었다고 한다. 전 세계적으로 스포츠 경기가 전면 중단되면서 한순간에 일자리를 잃은 구단 직원들이 어려움을 겪고 있다는 소식이 곳곳에서 들려오고 있기 때문이다.

약 732억 원의 브랜드 가치를 지닌 테니스의 황제

        '테니스 황제' 로저 페더러가 전 세계 모든 종목의 스포츠 선수 가운데 브랜드 가치가 가장 높은 것으로 조사됐다. 미국 경제 전문지 포브스가 최근 스포츠 선수와 팀, 대회, 사업 등 4개 분야에 걸쳐 브랜드 가치 순위를 매겨 발표한 결과에 따르면 페더러는 6천200만 달러(약 732억 원)의 가치를 인정받아 1위를 유지했다. '골프 황제' 타이거 우즈가 2위고, 우리에게는 기억하고 싶지 않은 지난 7월 방한 경기에서 '노쇼 파문'을 일으킨 '축구 스타' 크리스티아누 호날두 3위에 머물렀다. 브랜드라는 것은 수입으로만 따질 수 없는 무형의 것이기 때문에 부정적인 이미지와 행동으로 순간 추락 가능한 아슬아슬한 것으로 우리나라에서 조사를 했다면 호날두는 아마도 리스트에서 보기 어려웠을 것이다.

브랜드 평판 추락 날개 단 호날두

크리스티아누 호날두의 노쇼(NoShow) 후폭풍이 거세다. 온라인 커뮤니티에는 '날두 하고 싶다' 라는 신조어를 설명하는 이미지가 확산하고 있다. 이미지에 따르면 '날두 하고 싶다' 라는 것은 '출근만 하고 아무 일도 하고 싶지 않다.' 라는 뜻이다. 호날두가 45분 출전을 약속하고 내한했지만 단 1분도 출전하지 않은 것을 비꼰 것이다. '비도 많이 오는데 그냥 날두 하고 싶다', '나 오늘 완전 날두 했잖아', '지금 날두 중임' 등으로 사용된다.

일본 제품 불매 이미지에 호날두의 얼굴을 합성한 '호날두 불매' 이미지도 확산하고 있다. 해당 이미지에는 '보이콧 호날두. 시청하지 않습니다. 응원하지 않습니다.' 라는 문구가 담겼다. 잘못된 행동에 대한 대가는 쉽게 지워지지 않는다.

아름다운 브랜드 값, 이름값

명품에 담긴 품격은 제품에만 있는 것이 아니다. '이름값'을 제대로 한다는 것은 참 쉽지 않은 일이다. 그 어려운 일을 통 큰 기부와 함께 아름답게 한 스포츠 선수가 요즘 화제다. 바로 텍사스 레인저스의 추신수 선수다. 그는 국내에서도 코로나19로 큰 피해를 본 대구 시민들에게도 2억 원을 기부했다. 그뿐만 아니라 레인저스의 마이너리거 191명에게 각각 1000불씩을 지원하는 선행을 베풀었다. 신종 코로나바이러스 감염증(코로나19) 대규모 확산으로 지난달 중순 메이저리그와 마이너리그의 스프링캠프가 일제히 취소된 데 이어 정규시즌 개막마저 무기한 연기되었다. 그러자 과거 23세 마이너리거 시절의 가난함을 잊지 않았다는 그는 아직 프로 계약을 맺지 못해 생계유지에 어려움을 겪게 된 마이너리거들에게 힘을 실어주었다.

손세이셔널, 손흥민 선수의 브랜드 파워

운동선수나 유명인들을 보고, 누구 하면 딱 떠오르는 상징적인 이미지나 별명들이 있다. 그것이 바로 브랜드 파워다. 손세이셔널 하면 손흥민 선수가 떠오르고, 막내 형 하면 이강인 선수가 떠오른다. 국어사전에도 새롭게 등장한 손세이셔널이란, 함부르크SV에서 뛰는 손흥민 선수의 활약상으로 해외 언론에서 sensational(선풍적인) 대신 손흥민 선수의 성인 '손'을 넣어서 합성어를 만든 것이다. 즉, sonsational로 그의 활약상과 브랜드 파워를 느낄 수 있다. 아마 지역마다 농사를 가장 잘 짓는 사람, 동네 사정을 가장 속속 잘 아는 사람, 김치를 가장 잘 담그는 사람 하면 떠오르는 이름이 있을 것이다. 그것이 바로 브랜드 파워다.

'농구 황제' 마이클 조던의 모조 브랜드

'농구 황제' 마이클 조던이 자신의 이름을 도용한 중국 브랜드에 승소했다. 중국 스포츠용품 기업 '차오단(喬丹) 스포츠'가 조던의 이름을 불법적으로 사용했다는 최종심 판결을 내렸다. 2012년 소송을 제기한 그는 2016년 중국 최고인민법원으로부터 한자 상표 '차오단(喬丹)'의 취소 판결을 이끌어냈고 이번에 영문 상표 'QIAODAN'의 취소까지 이끌어냈다. 이 회사는 조던의 중국어 이름 '차오단'을 아예 회사명으로 쓰고 있다. 또 조던이 덩크슛을 넣는 모습과 비슷한 도안을 사용해 운동화, 옷, 양말 등 각종 용품을 판매해왔다. 이처럼 개인 자체가 브랜드인 시대에 우리는 살고 있다.

● 자신이 브랜드 가치 NO.1(국내외 각각 1명)으로 선택한 사람이 있다면 누구인가요? 그 이유는 무엇인가요?

– 브랜드 가치 NO.1
- -
– 이유
- -

- -

재치 있는 유머로 마음을 사로잡는 리더의 이미지

'신사의 나라'라는 브랜드를 갖고 있던 '영국'이 코로나19로 힘든 시기를 겪으면서 대표적인 브랜드 이미지도 점점 변화의 이동점에 놓인 것처럼 보인다. 몇 년 전에 BBC에서 했던 가장 위대한 영국인이 누군지에 대한 설문에 대하여 셰익스피어, 뉴턴, 엘리자베스 1세를 뛰어넘는 가장 위대한 인물로 선정된 사람은 다름 아닌 '윈스턴 처칠 경'이었다. 그는 말을 할 때는 대화 상대의 눈을 바라보고, 지나치게 큰 목소리로 이야기하거나 호들갑스럽게 이야기하지 않으며, 재치 있는 유머로 상대의 마음을 사로잡는 이미지를 갖춘 사람이라고들 한다. 2차 세계대전 당시 전 세계의 결속을 모으는 연설을 하러 방송국에 가야 했던 처칠이 택시를 잡았다. "BBC 방송국으로 갑시다." 운전사는 뒤통수를 긁적이며 대꾸했다.

"죄송합니다. 손님. 오늘 저는 그렇게 멀리까지 갈 수 없습니다. 한 시간 후에 방송되는 윈스턴 처칠 경의 연설을 들어야 하거든요." 이 말에 기분이 좋아진 처칠이 1파운드짜리 지폐를 꺼내 운전사에게 건네주었다. 그러자 운전사는 처칠을 향해 한쪽 눈을 찡긋하며 말했다. "타십시오. 손님. 처칠이고 뭐고 우선 돈부터 벌고 봐야겠습니다."

낡고 보수적이라는 이미지 타파

영국이 예전에는 '해가 지지 않는 나라' 라는 이미지도 있었다. 알렉산드라 대왕 이후 가장 넓은 영토를 소유했던 과거의 자부심과 유산에 집착하는 낡고 보수적인 이미지라는 지적이 있었다. 이에 개혁을 몰고 온 철의 여인 대처 수상은 1979년 취임식 후에 '디자인하라, 아니면 사임하라. (Design, or resign)' 는 말로 디자인의 중요성을 강조한 것이 모태가 되었다. 그리고 영향력 있는 인재를 끌어모으고 언론을 통해 세계에 알리는 데 주력했다.

✦13 ː 브랜드 평판이라는 무형자산의 가치

　　자산과 부채의 합으로 계산되는 기업 규모에서 기업 리더의 퍼스널 이미지와 브랜드 평판은 포함되지 않는다. 그러나 주식의 시가총액으로 규모를 따질 때는 브랜드 평판을 절대 무시할 수 없다. 주가는 브랜드 평판에 따라 오르락내리락할 수밖에 없기 때문이다.

　결국, 눈에 보이지는 않지만 막대한 영향을 주는 브랜드 평판이라는 무형자산을 전략적으로 잘 관리해야 한다는 공식이 성립된다. 그렇다면 평판은 어떻게 이루어지는지 잘 따져봐야 한다. 이미지와 평판의 합이 브랜드라면 성과와 행위 그리고 소통의 합이 바로 브랜드 평판으로 형성된다. 그러나 그 합이 제아무리 높더라도 진정성이 제로라면 브랜드 평판도 제로가 될 수밖에 없다는 논리가 강하다. 왜냐면 진정성은 곱의 법칙이 적용되기 때문이다. 수긍되는 논리다. 하지만 개인적으로 성과나 행위 그리고 커뮤니케이션 또한 곱의 법칙이 적용된다고 본다. 그중 하나만 빠져도 평판은 제로가 되기 때문이다. 성과가 제로인데 진정성 있는 행위와 소통이 존재한다 한들 브랜드 평판이 좋을 수 없고 소통이 제로인데 성과와 행위가 있다 해도 브랜드 평판이 좋을 수 없기 때문이다. 브랜드 평판은 시대가 어려운 위기일수록 더 확실하게 차별화된다. 모든 위기에는 피해를 최소화할 수 있는 '골든타임'이 있는데 그 시기를 놓치지 않고 진정성 있는 행위와 소통으로 성과를 내는 리더들의 브랜드 평판은 자연스럽게 상승세를 탈 수밖에 없다.

P e r s o n a l

I m a g e

B r a n d i n g

The Power to Explain Myself

PART 04:

나를 컨트롤하는 힘
최고리더들의 겨울

차별화 브랜드 안정화 단계 :
이미지 훼손요소 선별

❄01 : 코로나19 위기의 시대 리더십을
시험받고 있는 리더들

　　미국에는 3천만 개가 넘는 소기업이 있으며, 96%가 코로나19의 영향을 받았다는 분석이다. 아마존 물류 창고에서 코로나19 확진 환자가 발생해 비상이 걸렸다고 CNN 비즈니스가 보도했다. 수백만 명의 미국인들이 가능한 한 집에 머물라는 요구를 받으면서 택배 서비스에 더 의존하고 있기 때문에 이번 코로나19 환자의 추가는 운송을 방해하고 배송을 지연시킬 위험이 있다. 최근 아마존은 늘어나는 배송 수요에 대응하기 위해 10만 명을 추가로 고용하겠다고 발표한 바 있지만 일부 관계자는 아마존이 근로자들에게 유급휴가를 주지 않으면서 직원들을 "무분별하게 위험에 빠뜨린다."라고 비난했다. 또한 코로나19 양성 사례가 발생했다는 것을 확인했음에도 불구하고 아마존은 현장에 있는 직원들에게 알리지 않았다는 것의 불만이 줄어들지 않고 있다. 아마존의 리더는 이 위기를 어떻게 극복할까?

중국의 이미지 쇄신에 영향을 주는 기부

　　전자 상거래 업체 알리바바의 창업자로 중국 최고 갑부인 마윈이 신종 코로나19 확산 후 적극적인 자선사업을 펼치며 시진핑 중국 주석의 대외 이미지를 개선하는 데 도움을 주고 있는 것으로 나타났다. 외신에 따르면 코로나19를 '중국 바이러스'라고 칭하며 충분한 정보를 제공하지 않은 중국을 비판했던 도널드 트럼프 미국 대통령은 이에 대해 "(마윈은) 나의 친구이며 산소호흡기 기증을 매우 고맙게 생각한다."라고 말했다. 중국이 그동안 정부 선전과 대규모 투자를 통해 대외 영향력을 확대하면서 브랜드 이미지를 높이는 전략으로 억만장자의 자선사업은 새로운 접근이라는 전문가들의 분석이 돈다.

위기 극복 리더십에 따라 달라지는 브랜드 평판의 결

제프 베조스 아마존 창업자는 코로나19의 미국 내 환자가 대폭 늘면서 현재는 엄청난 스트레스와 불확실성의 시기라고 말했다. 외신에 따르면 베조스는 온라인을 통해 직원들에게 보낸 장문의 편지에서 현재는 우리가 하고 있는 일이 가장 중요한 시점임을 강조했다. 아울러 아마존이 사태 종식을 도울 새로운 기회를 찾는 것을 멈추지 않을 것이라고 강조했는데 세계 1위 부자인 제프 베조스의 위기 극복 리더십에 따라 브랜드 평판의 결이 바뀔 것이다.

코로나 위기 때 더욱 빛난 세계 리더들의 브랜드 평판

전 세계를 덮친 코로나19에 맞서 억만장자들이 팔을 걷고 나섰다는 언론 보도들이 연일 터져 나왔다. 마스크, 산소호흡기 등 의료품과 신약 개발 지원은 기본이고 의료진에게 샌드위치를 배달하는 등 개성에 맞게 펼친 세계 리더들의 행동은 위기에 막혀있던 많은 국민들의 숨통을 트이게 했다. 돈을 기부한다고 바로 세상이 바뀌지는 않을 것이다. 하지만 마음이 움직이면 세상도 바뀔 수 있다. 우리가 가난한 자들을 모두 구제할 수 없고 아픈 자들을 모두 치료할 수 없다. 하지만 우리는 세상 모두의 마음속 친절을 일깨워줄 수 있다는 그들의 말 한마디 한마디가 힘이 되었으리라.

팬데믹을 예언한 빌 게이츠의 브랜드 평판

팬데믹 대비 수년간 경고해온 마이크로소프트 창업주 빌 게이츠는 코로나19 확산 억제를 위해 1억 달러(약 1230억 원) 기부를 약정했을 뿐만 아니라 자선활동에 더 전념하기 위해 모든 경제 활동을 접고 재단 활동에 주력하겠다고 했다. 빌 게이츠는 2017년에도 팬데믹을 기후변화, 핵 전쟁과 함께 '인류의 3대 위협'으로 꼽았던 만큼 그의 브랜드 평판의 신뢰도는 이번 기회에 더 높아졌다고 본다.

날로 치솟는 앤드루 쿠오모 뉴욕 주지사의 인기

신종 코로나19로 힘들어하고 있는 미국 뉴욕 주민들은 매일 정오 앤드루 쿠오모 뉴욕 주지사가 진행하는 브리핑을 꼭 봐야 한다고 말할 정도로 그의 존재감은 커지고 있다. 낮았던 지지율을 단숨에 끌어올린 쿠오모 주지사의 인기 비결은 바로 현장밀착형의 추진력과 함께 주민들의 마음을 움직이는 소통법이다. 정책 탓이나 천재지변 탓이 아니라 모든 책임은 자신에게 있다는 말에 신뢰도 지수가 급상승했다. 그뿐만 아니라 뉴욕의 강제격리를 고려한다는 트럼프 대통령의 말에 대통령은 그럴 권한이 없다면서 주민의 입장에 섰고 그런 모습들이 주민의 불만과 불안을 해소시켜주었다는 분석이다.

트위터 정치 전략

미디어와 뉴스의 본고장이라고 할 수 있는 미국의 트럼프 대통령은 트위터로 소통하는 것을 넘어 트위터로 정치를 한다고 해도 모자라지 않을 정도다. 우리나라 사람들 중엔 트럼프의 트위터 사용에 고개를 갸우뚱하고 이해하지 못하는 사람들이 적지 않을 거라고 본다. 트럼프 대통령은 자기가 하고 싶은 말을 기자 회견을 통해 밝히는 방식이 아니라 일방적으로 트위터에 올린다. 어떻게 보면 기자

회견을 무시한다고도 할 수 있다. 전임 오바마 대통령처럼 가볍고 훈훈한 토막 얘기를 올리는 것이 아니라 국가적으로 중요한 정책이나 외교적 언사까지도 트위터에 올린다. 우리나라에서는 아직 상상하기 어렵다.

사상 최악의 대통령이라는 낙인

트럼프는 트위터를 통한 국민과의 직접 소통 방식을 택했고, 언제나 이슈를 리드해갔다. 그의 언변이 거칠었다고 하더라도 미국의 위기를 직설적으로 표현하는 방식을 선호하는 사람들도 적지 않았다. 돌리고 돌려서 세련되게 말하는 것이 아니라 트위터에 적합한 단순하고 쉬운 멘트로 자신의 입장을 설명했다. 실시간 검색어의 상위권을 점유하려면 자극적인 표현을 쓰는 전략을 사용해왔던 결과, 대통령이 되는 데도 성공했었다. 하지만 코로나19 사태에 대한 잘못된 대응으로 인해 그는 '사상 최악의 대통령'(The worst president. Ever)이라는 칼럼의 주인공으로 전락하게 되었다.

더 큰 문제는 많은 사람이 죽고 있다는 것이라고 칼럼은 지적했다. 미국은 세계에서 가장 많은 코로나19 감염자가 발생했는데 지난번 "코로나19 발생이 곧 제로에 가까워질 것"이라고 말했던 트럼프 대통령은 이제 "2차 대전 이후 모든 전쟁으로 인한 미국 사망자보다 많은 10만~20만 명으로 사망자 수가 국한된다면 미국이 코로나19에 매우 잘 대응한 것이 될 것"이라고 말을 바꾸었기 때문이다. 이것만 봐도 리더의 브랜드 평판은 위기관리를 어떻게 하는지에 따라서 결정된다고 해도 과언이 아니다. 미 행정부 내에서도 코로나19에 대한 경고가 있었지만, 트럼프 대통령은 모든 경고를 무시했고 결국, 미 국민들에게 혼란을 야기한 결과는 너무나 혹독했다.

❄02 ▐ 사회 전반에 영향을 주는 퍼스널이미지나 퍼스널브랜드

　　이미지 관련한 선행 연구들을 보면, 미디어 프레이밍이 시청자나 청취자들의 개인 이미지, 특히 정치인의 인식에 많은 영향을 주는 것을 밝혔다. 예를 들어, 아주 오래전 사례이기는 하지만 이미지 정치를 이야기할 때 빼놓을 수 없는 정치가가 있다. 배우 출신이라는 이유로 부정적인 평가를 받았었던 1980년 미국 대통령 후보였던 레이건은 TV토론에서 건강하고 강한 퍼스널 이미지를 연출함으로써 유권자들에게 긍정적인 이미지를 어필했다. 이처럼 퍼스널 이미지가 전략적으로 사용될 수밖에 없는 미디어 중심 시대에 살고 있다. 퍼스널 브랜드란 개인의 가치적 측면을 이상적 이미지로 객관화해서 대중에게 투사하는 것으로 개인을 브랜드화하여 정의하는 것으로 개인의 이미지를 효과적으로 브랜딩을 하기 위한 퍼스널 브랜딩 전략이다.

03 : 퍼스널 이미지와 브랜드 평판

퍼스널 이미지는 정치인, 방송인, CEO 등 외적으로 보이는 특정 직업과 계층을 대상으로 사용되어 왔으나 요즘은 대중적으로도 일반화되어 가고있는 추세다. 그 대중화에는 개인의 외적 이미지가 사회관계 형성과 호감에 긍정적인 영향을 미치면서 중요성이 부각되고 있기 때문이다. 퍼스널 이미지는 미디어가 발달하면서 그 중요성이 더욱 커졌고 퍼스널 이미지를 통해서 형성되는 정치 후보자의 이미지가 하나의 전략으로 여겨지면서 유권자들이 후보자를 평가하고 판단하는 기준이 되었다.

특정 지역, 소속 당, 공약, 사회적 배경 등의 조건이 중요했던 과거와는 달리 이제는 후보자의 퍼스널 이미지 즉 인상과 표정, 외적 호감도에 따라 유권자의 표를 얻기도 하고 잃기도 한다는 것을 의미한다. 다시 말해서 정당 소속감이나 선거공약 못지않게 정치 후보자의 퍼스널 이미지가 선거 당선 유무에 직접적인 영향을 미친다. 유권자의 지지가 필요한 정치인뿐 아니라 조직의 리더들에게도 좋은 이미지는 매우 중요하다. 하지만 실속 하나 없이 겉만 번지르르한 이미지라면 금세 들통이 날 수밖에 없음을 명심해야 한다.

　우리나라 기업의 CEO들도 이제는 '퍼스널 이미지 브랜딩'에 관한 관심과 투자가 높아지고 있다. 국내 대기업은 물론이고 외국인 회사의 CEO들 대상으로 전문적인 퍼스널 이미지 PI 컨설팅과 교육을 하는 입장에서 현장에서의 수요는 점점 늘어나고 있음을 피부로 직접 느끼고 있다. CEO는 기업을 대표하며, CEO의 능력은 기업의 생존에 중요한 영향을 미친다. 아놀드(Arnol)는 '공적 개인(Public persona)'으로서 CEO를 강조하면서, CEO는 기업을 위해 효과적인 커뮤니케이션 기술을 갖추어야 한다고 했다.

　퍼스널 이미지란 개인의 가치관과 행동 태도에서 나타나는 특성이 여러 가지 방법을 통해 지각되고 있는 것으로 개인의 신념 등을 외면적으로 보여주는 것으로서의 기능을 갖고 있다. 퍼스널 이미지는 개인의 가치관과 의식을 투영하고 전달하는 소통의 도구로 대중에게 개인적 취향과 호감을 유발하는 사회적 기호다.

　즉 타인에게 평가되는 퍼스널 이미지, 특히 외적 이미지가 개인의 능력과 사회적 지위 및 역량을 평가하는 역할을 한다고 할 수 있다. 이러한 측면에서 볼 때 퍼스널 이미지는 사회에서 요구하는 행동의 규범을 자신의 가치관으로 내면화하여 능력과 태도, 행동 규범으로 가시화시킴으로써 개인을 이해하고 평가할 수 있는 도구다. 퍼스널 이미지란 개인에게 내재 되어 있는 여러 가지 다양한 속성이 타인의 가치관과 사회적 규범에 의해 평가되므로 퍼스널 이미지를 형성하는 요소에 관심을 가져야 한다.

퍼스널 이미지의 의미와 구성요소

긍정적인 퍼스널 이미지를 구성하는 각 요소의 중요성이 커지면서 여러 학자들은 퍼스널 이미지를 평가하는 척도에 대해 다차원적 접근 방법을 제안하였다. 첫 이미지가 개인의 전체적인 이미지를 결정하기 때문에 퍼스널 이미지를 평가하기 위해서는 자아 모니터링 분석을 통해 우선 자신의 진단이 필요하다. 그 외에 자신의 특성, 외모에 대한 지각의 자아개념으로 본 내적 이미지와 외적 이미지 그리고 사회 관계적 이미지를 구성요소로 본 경우와 내적 이미지와 외적 이미지 그리고 음성적, 외적, 행위적, 정서적 요소로 본 경우 등이 있다.

퍼스널 이미지 구성요소를 볼 때 세부적인 구성요소 등은 분류에 따라서 적지 않은 차이를 보이고 있지만 크게 세 가지 차원으로 분류가 가능하다. 개인의 자질적인 측면을 강조한 내적 이미지와 시각, 청각 등 외형적 측면의 요인들로 구성된 외적 이미지, 그리고 사회적 환경과 관계에 의해 구성되는 사회적 이미지의 세 가지 차원이 바로 대분류의 기준이다. 자아존중감과 가치관 목표에 대한 신념 및 성품 등을 의미하는 내적 이미지와 시각적 요소, 청각적 요소, 행위적 요소로 구분해서 외모를 평가하는 척도인 외적 이미지로 구분하는 것이 일반적이다.

함께 해봐요

● 자신의 내적 이미지와 외적 이미지 그리고 사회적 이미지에 대해서 생각해볼까요?

– 내적 이미지(자아존중감, 가치관, 목표, 성품)

–외적 이미지(표정, 자세, 의상 등)

－사회적 이미지(사회적 환경, 사회적 관계 등)

드레스 코드와 서프러제트 화이트

미 워싱턴 의회 의사당에서 여성 참정권 운동의 상징색인 흰색 정장을 맞춰 입은 민주당 여성 의원들이 도널드 트럼프 대통령의 국정 연설을 듣고 있다. 연단에 선 트럼프 뒤에 자리한 민주당 일인자 낸시 펠로시 하원의장도 흰색 바지 정장을 입었다. 이날 민주당 여성 의원들의 드레스 코드는 '서프러제트 화이트(suffragette white · 여성 참정권자를 상징하는 흰색)'였다.

영미권 여성 정치인들은 중요 행사 때 흰옷을 입곤 하는데, 이는 20세기 초 여성 참정권 운동가들이 흰옷을 입은 데서 유래한 전통이다. 올해는 특히 여성 참정권 법제화 100주년을 기념하는 의미가 담겼다고 민주당은 전했다. '흰옷 입기'에 동참한 민주당 여성 의원들은 국정연설 전 기자 회견에서 "부도덕하고 여성 혐오적인 트럼프 대통령 정책에 반대한다."라고 했다. 복스 등 미 매체들은 "이들은 통일된 의상으로 조용하지만 강력하게 트럼프 대통령을 향한 정치적 메시지를 던졌다."라고 전했다.

❄04 : 메시지를 전하는 컬러정치

공화당 여성 의원들은 특별한 드레스 코드 없이 다양한 색깔의 옷을 입었는데, 대부분 공화당 상징색인 빨간색을 포함해 파란색, 연두색 등 화려한 색상이었다. 트럼프 대통령의 부인 멜라니아는 돌체앤가바나의 검은색 치마 정장을 입었고, 딸 이방카는 지방시의 빨간 깃이 달린 소매 없는 검정 드레스를 입었다. 멜라니아는 2018년 국정연설 땐 흰옷을 입고 나와 '멜라니아가 남편 트럼프에 반기를 든 것이냐' 라는 논란이 일기도 했다. 멜라니아 모녀가 이날 검은 옷을 입은 것을 두고 미 언론에서는 "흰옷의 민주당에 맞불을 놓는 패션"이라는 해석이 나왔다.

한편, 이날 흰옷이 아닌 파란색 옷을 입고 나온 민주당 키어스틴 시너마 상원의원(애리조나)이 주목을 받기도 했다. 중도 성향인 시너마 의원은 상원 탄핵 심판 표결에서 반대표를 던질 것으로 예상되는 몇 안 되는 민주당 의원 중 한 명이다.

장례식 상복을 연상시키는 펠로시 패션 정치

미국 역사상 세 번째로 이뤄진 대통령 탄핵소추안 하원 표결 과정은 승리한 민주당의 잔치라기보다는 언뜻 장례식마저 연상시킬 정도의 엄숙한 정치의례에 가까워 보였다. 마치 도널드 트럼프 대통령에게 '대통령직 사망 선고'를 내리는 듯한 낸시 펠로시 하원의장의 옷차림이 이런 분위기를 연출하는 데 크게 공헌한 것으로 보인다. 탄핵 표결을 앞두고 목까지 올라오는 검은색 정장 차림에 금색 브로치를 달고 등장한 펠로시 의장의 패션에 더힐 등 미 언론매체들은 '장례식을 위한 옷'이라며 집중 조명했다. 펠로시 의장뿐 아니라 다수의 민주당 여성 의원들이 미리 짠 것처럼 검은색 옷을 입어 눈길을 끌었다.

장식품으로 메시지를 전달하는 액세서리 정치

과거 매들린 올브라이트 전 국무장관이 브로치를 통해 외교적 메시지를 전달했던 것처럼 민주당 여성 의원들의 복장도 일종의 정치적 '성명'을 담고 있다는 것이다. 언론에서는 펠로시의 정장이 마치 군복 같았다며, 특히 멀리서 보면 단검처럼 보이는 브로치는 단순한 장식용이 아닌 '힘의 핀(power pin)'이라고 의미를 부여하기도 했다. 온라인에선 의술의 상징인 '헤르메스의 지팡이'가 아니냐, 또는 드라마 '왕좌의 게임'에 나오는 상징이 아니냐 등의 해석이 분분했다. 그러나 펠로시 의장의 브로치 디자인은 미 하원을 상징하는 '하원의

지팡이'라고 설명했다. '하원의 지팡이'는 미 건국 당시 13개 주를 상징하는 13개의 막대 묶음 위에 미국의 국가 상징인 대머리수리가 앉아있는 지구본이 얹힌 형태다. 펠로시 의장은 중요한 순간마다 이 브로치를 착용했다.

퍼스널 이미지가 전략적으로 사용되는 미디어 중심 시대

이처럼 퍼스널 이미지가 전략적으로 사용될 수밖에 없는 미디어 중심 시대에 살고 있음을 직시해야 하는 시점이다. 퍼스널 브랜드란 개인의 가치적 측면을 이상적 이미지로 객관화해서 대중에게 투사하는 것으로 개인을 브랜드화하여 정의하는 것이다. 개인의 이미지를 효과적으로 브랜딩 하기 위한 퍼스널 브랜딩 전략의 중요성은 여러 학자로부터 언급되어 왔다.

05 : 리더의 퍼스널 브랜드이미지

퍼스널 브랜드를 갖는 것이 중요한 이유는 개인이 브랜드화됨으로써 주변에 긍정적인 영향력을 일으킬 수 있기 때문이다.

퍼스널 브랜드를 형성함으로써 얻는 좋은 점은 다음과 같다.

첫째, 인식의 용이성

둘째, 높은 신뢰성

셋째, 강력한 리더십 발휘

넷째, 권위 증대

다섯째, 높은 선택의 기회

여섯째, 개인의 가치 증대

일곱째, 인정

마케팅적 측면에서 퍼스널 브랜드의 가치는 브랜드 자산과 연동하여 그 의미를 살펴볼 수 있다. 아커(Aaker)는 브랜드 자산이란 브랜드의 이름 및 상징에 관련된 자산과 부채의 총체로 브랜드에 대한 인지도, 충성도, 제품의 품질, 제품 이미지 및 특허 등의 독점적 자산이 브랜드 자산을 형성한다고 하였다. 브랜드 자산을 형성하는 가장 근본적인 부분은 브랜드에 대한 지식으로 브랜드 인지와 브랜드 이미지로 나누어진다.

이미지의 가치와 기업의 브랜드적 가치가 연동된다는 것을 나이키의 주가를 9배 올렸던 나이키 CEO인 마크 파커의 사례에서도 엿볼 수 있다. CEO 이미지를 체계적으로 관리함으로써 기업 가치를 높일 수 있으며 CEO의 긍정적인 이미지 형성은 개인의 브랜드 가치를 높인다는 사실을 검증하였다. 즉 퍼스널 브랜드의 가치는 퍼스널 이미지의 구성요소들이 차별화된 우위 점을 가지는 경우 생성된다고 할 수 있다.

✽06 ⫶ 호감 주는 이미지가 주가를 높인다

　　CEO의 호감 주는 퍼스널 이미지가 기업의 주가를 향상시키고 기업의 가치를 효과적으로 높이기 때문에, 자신의 이미지 향상 전략으로써 지대한 관심을 보인다. 따라서 기업의 최고 경영자 퍼스널 브랜드 CEO 구축전략은 개인과 기업의 이미지를 통일시키는 이미지 통합 전략으로 향후 효과적인 퍼스널 브랜드 전략 개발에 매우 고무적인 영향을 미칠 뿐 아니라 기업의 자산 가치 제고에 대한 문제에도 중요한 영향을 미치게 될 것이다.

　외부 고객들에게 기업 이미지를 구체화시키는 요소 중에 가장 큰 것이 바로 CEO의 이미지다. 맥그레스(McGrath)는 1990년경 미국 기업들이 미디어를 통해 CEO의 이미지와 기업의 이미지를 연계시켜 시장에서 우위를 선점하려 했다고 밝혔다. CEO의 긍정적 이미지는 고객의 회사와 상품에 대한 호감을 높이는 요인이 되기 때문에 CEO 이미지의 효과적인 생성을 위한 관리가 필요하다.

❄07 : 스토리로 보는 브랜드평판 전략

60년대 뉴욕을 배경으로 최고의 광고인들의 치열한 경쟁과 삶을 그린 미국의 블록버스터 TV 시리즈 'Mad Men'에서 브랜딩 전략의 묘수가 나오는 장면이 있다. 더이상 담배 광고에서 담배가 건강에 무해하다는 사실을 담을 수 없게 되자 주인공은 기발한 아이디어로 앞으로의 담배 회사 광고의 큰 획을 긋게 되는 광고를 만들게 된다. 건강을 해치는 담배의 단점을 가릴 수 있을 만한 담배의 특징을 차별화시키는 브랜딩 전략이었다.

광고라는 것은 소비자에게 상품 판매를 위해 환상을 창조해내는 것이다. 하지만 막연하게 과장하고 포장하기보다는 소비자가 일반적으로 원하는 것이 무엇인지를 찾아서 대중적이지만 차별화된 포인트로 구매 욕구를 자극하는 것이다. 그런 점에서 퍼스널 이미지 브랜딩 전략과 많이 닮았다.

스토리가 있는 리더 이미지와 기업 이미지

스타벅스에 관련한 책들을 보면 하워드 슐츠 관련 이야기가 많다는 것을 알게 된다. 그는 "스타벅스 사업 계획서" 때문에 217명의 투자자로부터 투자 거절을 받았다. 스타벅스는 1971년 제럴드 볼드윈, 고든 보우커, 제브 시걸 등 세 사람이 공동으로 창업한 기업이다. 커피 마니아였던 세 사람은 캐나다 밴쿠버까지 세 시간 동안 차를 몰고 가서 원두커피를 사 와서 마셨다. 그러다가 시애틀 시내에 직접 원두 커피점을 차렸다. 불경기를 맞으면서 미국 내 커피 수요가 전반적으로 감소세를 보이고 있었지만, 이들은 과감하게 고급화 전략으로 매장을 열었다. 스타벅스라는 이름은 멜빌의 소설 〈모디빅〉에 나오는 일등항해사의 이름에서 그대로 따왔다고 한다.

수익보다는 최상의 커피 맛

수익보다는 최상의 커피 맛을 제공한다는 신조에 따라 꾸준하게 품질관리를 한 결과 고객들의 사랑을 받았고, 불경기임에도 불구하고 흑자를 기록했다. 스타벅스는 1972년 워싱턴대 근처에 2호점을 열었으며 그때부터 시애틀은 샌프란시스코를 제치고 고급 커피의 메카로 떠올랐다. 스타벅스의 성공 비결은 좋은 품질의 재료를 사용한다는 점에 있었다.

당시 미국인들은 주로 캔 커피를 마셨는데 여기에 들어가는 원료는 로부스타 종이었다. 로부스타는 높은 열을 견디지 못하기 때문에 고온으로 볶을 수가 없었다. 커피 회사들은 수익률에 주로 관심을 두고 있었기 때문에 무게가 줄어들지 않도록 최대한 살짝 볶았다. 그러나 스타벅스는 고산지대에서 재배되는 아라비카종을 원료로 썼다. 아라비카는 고온에도 견딜 수 있어 강하게 볶을 수 있었으며 일반 커피보다 깊은 맛과 향기를 냈다.

빈민가에서 태어나 피를 팔기도

1987년 창업자 세 사람은 잘나가던 회사를 매각한다. 지금으로 보면 참으로 어리석은 선택이었다. 이때 스타벅스를 인수한 사람이 바로 하워드 슐츠다. 우리가 오늘날 흔히 보는 스타벅스 매장들은 하워드 슐츠가 키운 것들이다. 따라서 하워드 슐츠를 스타벅스의 진정한 창업자라 부르기도 한다. 하워드 슐츠는 뉴욕의 빈민가에서 태어나 세계적인 기업을 일군 입지전적인 인물이다. 하워드는 트럭 운전을 하던 아버지가 불의의 사고로 실직하는 바람에 빚쟁이들에 시달리기도 했고, 빈민가에서 산다는 이유로 데이트하던 여성의 아버지로부터 모욕을 당하기도 했다. 미식축구 선수로 장학금을 받고 노던 미시건 대학교에 진학했지만, 곧 운동을 그만둬 야간에 바텐더 일을 해서 학비를 벌었으며 때로는 피를 팔기도 했다.

08 : 퍼스널 이미지 브랜드 형성과 관리 로드맵 4단계

CEO란 기업 내의 최종적인 의사 결정을 함과 동시에 모든 책임을 지는 사람을 의미한다. 오늘날 급변하는 시대에 CEO의 전략적인 최종 결단이 기업의 성패를 결정할 만큼 중요시되면서 CEO의 가치와 중요성이 더욱 강조되고 있다. 우리나라의 CEO의 유형은 사업의 라이프 사이클에 따라 달라진다. CEO의 브랜드 형성과 관리 로드맵에 의하여 변한 브랜드적 가치는 일생 동안 4단계의 과정을 거쳐서 형성된다. 나이키의 CEO였던 마크 파커를 예로 들어보자.

1. 자신을 형성하는 입문 단계: 경력 축적 업적 달성 단계

예) 나이키 운동화 디자이너였던 마크 파커

나이키는 1964년 나이트 창업자가 일본 아식스 운동화의 수입업체로 설립한 '블루리본스포츠'가 전신이다. 1971년 그리스 신화 승리의 여신 '니케'의 이름을 따 사명을 나이키로 바꿨다. 파커는 1979년 나이키에 '운동화 디자이너'로 입사했다. 그는 학창 시절부터 마라톤을 좋아했고, 러닝화에 관심이 많았다고 한다.

2. 자신을 증명하는 업적 달성 단계: 업적 성과 창출 단계

예) 마크 파커 CEO 기간 나이키의 실적 변화

파커가 입사할 때 나이키는 지금처럼 '스포츠 제국'이 아니라 스타트업같이 역동적인 분위기였다. 그는 나이키의 대표 운동화인 에어맥스, 페가수스, 에어조던, 플라이니트 시리즈 등을 연달아 디자인했고, 그가 디자인한 운동화는 대부분 '완판' 됐다.

3. 자신의 경쟁력 형성 단계: 차별화된 브랜드 획득 단계

예) '나이키의 잡스' 9배의 주가로 확인한 브랜드

2006년 CEO로 취임한 파커는 올해까지 14년간 나이키 제국을 다스렸다. 그의 재임 기간 나이키 매출은 150억 달러에서 390억 달러(약 46조 원)로 2.6배 커졌다. 영업이익은 2.3배, 주가는 9배 가까이 뛰었다. 2015년에는 팀 쿡 애플 CEO, 마크 저커버그 페이스북 CEO 등을 제치고 포천지가 선정한 '올해의 경영인' 1위에 올랐던 브랜드 평판 최고 리더였다.

4. 차별화 브랜드 안정화 단계: 이미지 훼손 요소 선별

예) 더이상 오를 곳 없어 보였던 나이키를 한 단계 더 발전시킴

　무엇보다 새로운 신화를 써 내려가는 것이 최우선이었던 회사, 나이키에서 파커의 브랜드 입지는 안정적이었으나 몇 가지 이미지 훼손 요소들이 발생하면서 나이키를 떠나게 되었다. '더이상 오를 곳 없어 보였던 나이키를 한 단계 더 발전시킨 인물'이라고 평가받았던 그. 나이키의 기틀을 다진 이가 창업자 필 나이트였다면, 지금의 나이키를 만든 인물이 파커라는 최고의 평판은 이제 역사가 되었다.

　먼저 입문 단계인 경력 축적에서 시작하여 거름을 주어서 나무를 가꾸는 업적 달성의 단계로 진입하고, 이후 창출한 경영성과가 열매를 맺는 브랜드 획득을 거쳐 열매가 계속 열리도록 관리하는 브랜드 관리 단계까지 거치면 완성된다. 첫 번째 단계인 경력 형성에서는 사회인으로서의 자신을 형성하는 단계고, 두 번째 업적 달성 단계에서는 자신의 능력과 업적을 조직에 증명하는 단계다. 세 번째 브랜드 획득 단계에서는 다른 사람들과 차별화될 수 있는 자신만의 경쟁력을 형성하는 단계다. 바로 이 시기에는 차별화된 자신만의 브랜드를 형성하기 위한 다각적인 방법들이 필요로 한다. 그리고 마지막인 브랜드 관리 단계에서는 이미지 훼손이 될 수 있는 요소들을

없애고 차별화된 브랜드 가치를 안정화시킨다. 그리고 지금까지 도전하지 않았던 미지의 영역에까지 과감하게 시도해보는 단계다.

[함께 해봐요]

● 자신의 퍼스널 이미지 브랜드 형성과 관리 로드맵 4단계를 직접 해볼까요?

1. 자신을 형성하는 입문 단계 : 경력 축적 업적 달성 단계

2. 자신을 증명하는 업적 달성 단계 : 업적 성과 창출 단계

3. 자신의 경쟁력 형성단계: 차별화된 브랜드 획득 단계

4. 차별화 브랜드 안정화 단계: 이미지 훼손 요소 선별

❄09 : 긍정적인 퍼스널이미지가
브랜드 가치를 높인다

리더 이미지의 브랜드적 가치는 높은 이미지를 가질 때 형성된다. 리더의 긍정적인 이미지는 기업의 주가를 향상시킬 뿐만 아니라 기업 및 상품의 부가 가치를 만들기도 한다. 반대로 낮은 이미지는 주가를 낮출 뿐만 아니라 기업 및 상품 가치에 부정적인 영향을 미치기도 한다. 예를 들어서, 기업이 높은 이미지와 브랜드 가치가 있는 리더를 영입하면 기업 주가가 상승하고, 브랜드 가치가 있는 리더들은 자신이 운영하는 기업의 주가를 몇 배로 껑충 상승시켜 놓기도 한다. 미국의 다국적 기업인 GE의 CEO이었던 잭 웰치(Jack Welch)는 CEO로 임명되었을 당시에는 GE의 주가에 변화가 없었으나 재임 중 높은 성과를 올려 주가가 업계 평균 2, 3배 상승한 전례가 있기도 하다.

이처럼 리더 이미지가 하나의 브랜드로써 기업 가치에 미치는 영향이 점점 커져감에 따라 리더 이미지도 상품 브랜드처럼 무형적 자산이자, 브랜드적 가치를 지닌다고 할 수 있다.

브랜드 가치는 차별화되고 긍정적일 때 매혹적이다

리더의 이미지의 브랜드적 가치를 높이기 위하여 리더 이미지의 구축 및 체계적인 관리가 필요하다. 리더 이미지는 리더에 대한 여러 가지 다양한 요소들이 리더와 관련된 정보들과 융합해서 이루어진다. 하지만 하나의 브랜드로써 리더 이미지의 가치는 브랜드 이미지처럼 관련 이미지들이 차별화될 뿐만 아니라 긍정적이고 매혹적일 때 이루어진다. 만일 리더와 관련된 이미지들이 다른 리더의 이미지들과 차별화되지 못하면 리더 이미지는 브랜드적 긍정적인 가치를 지닐 수 없을 것이다. 또 리더 이미지는 인격 브랜드이므로 기업 브랜드나 상품 브랜드와는 연상 이미지의 구성요소들이 다르다.

리더 이미지의 또 다른 특징은 관리되지 않는 이미지보다 관리된 이미지가 브랜드적 가치를 올린다고 할 수 있다. 리더 이미지는 상품 브랜드와 전혀 다른 관리 방법이 필요하며 다양한 커뮤니케이션 채널을 통해 이루어진다.

❄️▶10 : 대중매체 채널과 커뮤니케이션 채널을 통한 퍼스널이미지관리

리더 이미지의 관리는 크게 두 가지 채널 유형을 통하여 이루어진다. 첫째는 대중 매체 채널이고, 둘째는 대인 접촉과 같은 일 대 일 커뮤니케이션 채널이다. 예를 들어, 리더의 이미지는 리더에 관련된 매스컴 보도 및 프로그램 출연 등과 같은 대중 매체 보도에 비치는 모습을 통하여 형성된다. 즉, 리더의 이미지의 브랜드적 가치는 기업 가치에 영향을 준다고 할 수 있다.

구매 의사 결정에 영향을 미치는 기업 이미지

기업 이미지란 고객이 상품을 구입할 때 구매 의사 결정에 영향을 미치는 사전판매의 역할을 하는 것이고, 기업 이미지를 받아들이는 고객의 머릿속에 자리 잡고 있는 것이다. 기업 이미지를 공익활동을 통해 다양한 공중들과 커뮤니케이션함으로써 좋은 시민으로 기업을 인식시키면서 형성되는 것이라고도 하고, 공중이 기업의 성격과 개성에 관하여 그리고 있는 마음속 그림이라고 하기도 했다. 기업 이미지 형성에 영향을 주는 요소들을 기업이 제공하는 정보, 수용자 주변의 환경적 요소, 수용자 개인적 특성들로 보기도 하면서 각 요소들이 영향을 미치는 차이도 다르다고 하였다.

스타벅스커피 코리아가 코로나19 극복을 위해 힘쓰고 있는 대구·경북 지역의 의료진과 보건소 의료진 및 직원들을 위해 상당의 스틱형 원두커피인 스타벅스 '비아'를 지원하며 지속적인 응원을 했다. 그뿐만 아니라 우리나라 문화를 잘 접목하기 위한 노력을 다각적으로 하고 있다는 면에서 효과적이라고 생각한다.

실버 세대 여성 리더들의 도약

크리스틴 라가르드(63, 프랑스), 우르줄라 폰 데어 라이엔(61, 독일), 낸시 펠로시(79, 미국). 서방 강대국들의 정치와 경제를 주도하는 여성 리더들이다. 라가르드는 유럽중앙은행(ECB), 라이엔은 유럽위원회(EC), 펠로시는 미국 하원 의회를 이끌고 있다. 이 실버 세대 여성들의 퍼스널 이미지는 우아하지만 당당한 표정과 준비된 옷차림에서부터 빛을 발하면서 남성 중심의 권력 구조를 어떻게 바꿀지에 대한 기대감이 어느 때보다 높다. 오바마 행정부에서 국무부 정책실장을 역임한 슬로터는 기고문에서 '노년 여성들이 위험을 감수하고 기존의 질서를 뒤엎을 수 있다.'라고 강조했다. 여기에 더해 슬로터는 실버 세대 여성 리더들의 강점 중 하나가 더 많은 위험을 감수하고 도전할 수 있는 점이라고 강조했다. 남성 중심 사회에서 경력을 쌓은 여성들은 인생 후반기에 기존의 질서를 무너뜨리는 식의 도전을 어떻게 하게 될지 외적 이미지에서부터 기대가 된다.

실제보다 거품이 많으면 안 되는 것

'지구 끝까지라도 쫓아간다.', '곧 수갑을 차게 될 것' ….

앞으로 경찰관 인터뷰에서 이런 표현을 자주 보게 될 전망이라는 기사를 본 적이 있다. 전국 경찰관 13만 명에게 언론 인터뷰에서 이런 표현을 적극적으로 사용하라는 지침이 내려진 것이란다. 업무 연락에는 "언론 인터뷰 시 경찰의 적극적인 노력과 의지가 국민에게 충분히 인식·공감·강조될 수 있도록 용어 선정 등 언론 응대에 적극성을 기해 달라."라는 내용이 담겼다. 그러면서 해당 일자 A 신문 인터뷰 기사에 실린 표현 3가지를 주요 예시로 보여줬다. '지구 끝까지라도 쫓아갈 준비', '경찰의 수사 기법도 나날이 발전', '모든 가담자는 곧 수갑을 차게 될 것' 등 3가지였다.

국민의 신뢰와 지지 확보를 위해 언론 응대 시 활용하면 좋을 만한 용어를 고민하고 선정해서 공유하는 것은 바람직한 브랜딩 전략 중 하나다. 하지만 범죄를 사전에 잘 예방하고 범죄 발생 시 신속하고 효과적으로 대응하는 경찰의 모습이 동반될 때에만 국민의 신뢰를 얻는 효과를 거둘 수 있음은 당연하다. 브랜딩 전략이라는 것은 실

제보다 거품이 많아서도 안되고 너무 적어서도 안 된다. 실제 모습
속에서 긍정의 이미지를 강화하는 것이기 때문이다.

함께 해봐요

● 자신의 실제 모습과 자신이 타인에게 형식적으로 보여준 이미지의
차이는 어느 정도인지 생각해볼까요?

– 자신의 실제 모습과 타인에게 보여주는 이미지의 차이

----

11 : 리더의 브랜드 평판이 조직 이미지에 미치는 영향

리더의 브랜드 평판이 기업 이미지에 미치는 영향은 지대하다. 즉 브랜드 평판을 높게 느낄수록 조직 이미지는 높아진다고 볼 수 있다. 최근 미국 최고 경영자들이 수난을 겪고 있다. 올해, 그리고 지난달 자리에서 물러난 CEO 수가 역대 최고를 기록한 것으로 집계됐다. 개인의 역량 부족이나 스캔들이 주목을 끌었지만 대부분은 기업 환경 변화로 새로운 피를 필요로 한데 따른 것으로 분석됐다.

최근에만 맥도널드, 위워크, 언더아머, 나이키 등에서 CEO들이 쫓겨났다. 기술 변화나 현 경제여건 또는 향후 전망에 기초해 새로운 지도부를 찾는 경우도 있지만, 지적 성과 부족이나 스캔들 같은 개인적인 나쁜 브랜드 평판으로 인해서 퇴출된 경우도 적지 않다는 보도만 봐도 리더의 브랜드 평판 관리가 얼마나 중요한지 느낄 수 있다.

나이키의 가능성 브랜드 전략

나이키는 세계에서 '스타 마케팅'을 가장 잘하는 기업 중 한 곳이다. 가능성 높은 스포츠 스타를 발굴하고, 브랜드 노출을 극대화하는 전략으로 급성장해왔다. 나이트 창업자가 농구 스타 마이클 조던을 후원해 '에어 조던' 브랜드를 만들었다면, 마크 파커 CEO는 세계 최고의 골프 스타 타이거 우즈를 발굴했다. 1996년 당시 20세였던 우즈가 프로로 전향할 때 파커는 나이키 제품 마케팅 담당 부사장이었다. 파커는 미래를 보고 5년간 4억 달러(약 5000억 원)를 우즈에게 안겼다. 가능성을 보는 눈, 바로 브랜드 평판이 좋은 리더의 중요한 요소다.

퍼스널 브랜딩의 골프 황제 타이거 우즈

우즈는 1997년 마스터스에서 최연소 · 최소타 · 최다 타수 차로 첫 메이저 우승을 했고, 이후 2001 · 2002 · 2005년에도 마스터스를 제패하며 '골프 황제'의 명성을 쌓았다. 그러나 2009년 불륜 스캔들이 불거졌고, 이어 연거푸 척추 · 무릎 수술을 받으면서 위기를 맞았다. 한때 우즈를 후원했던 AT&T, 액센추어, 게토레이, P&G(프록터앤드갬블) 등은 우즈와 광고 계약을 포기했었다. 하지만 나이키만큼은 후원을 중단하지 않았고 우즈는 마스터스에서 14년 만에 다시 우승을 차지하며 나이키에 보란듯이 보답했다.

스토리로 자신을 컨트롤하는 나이키 CEO

나이키 마크 파커의 후임자로 이베이(eBay)의 CEO를 지낸 존 도나호 CEO가 자신의 스토리로 리더십에 대한 자신의 견해를 밝혔다. 맥주 유통회사에서 여름 아르바이트를 했던 10대 시절에 '위대한 리더십 교훈'을 터득했다는 그의 스토리를 들어보자.

1978년 시카고 교외의 고등학교를 졸업한 도나호는 그해 여름 '돈을 많이 벌 수 있다.'라는 친구 아버지의 권유로 지금은 없어진 맥주 브랜드 슈리츠(Schlitz) 맥주 유통회사의 보조 일자리를 얻었다. 거기에서 그가 배운 리더십 교훈은 한 트럭 운전사가 도나호에게 트럭을 창고 안까지 운전하게 한 위험한 사건에서 나왔다. 운전 경험이 적었던 이 10대 청소년은 방향을 잘못 틀어 출입구를 부수면서 무려 '수천 달러의 피해'를 입혔다. 그러나 그 트럭 운전사는 도나호의 실수를 감싸며 창고 책임자와 일을 잘 처리해 주었고, 창고 책임자는 도나호에게 크게 걱정하지 말라고 말했다.

도나호는 "그때 배운 교훈은 신뢰였다."라고 말했다. "그 트럭 운전자가 나의 실수를 감싸주면서 보여준 신뢰는 놀라운 것이었습니다. 그는 창고 책임자에게 나에 대한 믿음을 설명하면서 모든 책임을 자신이 지겠다고 말했지요. 그 일 이후 나는 그해 여름의 나머지 기간 동안 내가 할 수 있는 최선을 다하며 보냈습니다. 충분히 그렇게 하도록 동기 부여가 됐으니까요."

도나호는 그 교훈이 그가 지금까지 '사전 신뢰(Presume Trust)'라고 부르는 리더십 원칙을 지키도록 영감을 주었다고 말했다. 도나오는 "지금도 사람들을 만나면, 나는 '이 사람의 좋은 자질이 무엇이며 그로부터 내가 무엇을 배울 수 있는가?' 라고 스스로 묻는다."라고 말한다.

　　이렇게 스토리로 자신을 설명하면 훨씬 기억에 남고 효과적이다.

함께 해봐요

● 나를 설명하는 나의 스토리를 설명해 주거나 그려주세요!

2분 안에 조립하는 안면 보호대를 디자인한 애플

애플이 코로나19 지원을 위해 안면 보호대를 개발했다. 의료진들이 안심하고 코로나바이러스 감염 환자들을 돌보도록 하기 위한 취지다. 팀 쿡 애플 최고경영자(CEO)는 트위터에 올린 영상을 통해 "애플이 의료 종사자들을 위한 안면 보호대를 디자인해 생산하고 있다."라고 밝혔다. 팀 쿡은 "애플이 현재 공급망을 활용해 마스크를 생산하고 있다."라면서 "우리의 디자이너, 엔지니어, 패키지 운영팀은 의료 종사자들을 위한 안면 보호대를 각각 디자인하고, 생산하고, 배송에 착수했다."라고 말했다. 영상 속 안면 보호대는 2분 만에 손쉽게 조립할 수 있다. 애플은 1박스에 100개씩 포장해 미국 의료진에게 전달했고 물량이 안정적으로 확보되면 미국 외 지역에도 지원한다는 방침이다. 잘할 수 있는 부분을 강화해서 발 빠르게 실행해 옮기는 것이 바로 브랜드 평판을 올리는 지름길이다.

엎치락뒤치락 브랜드 평판

국내 온라인 개학을 앞두고 전 세계 각지에서 화상 수업 때문에 인기를 끌었던 '줌'은 해커들이 무단 침입해 음란 영상을 틀고 나가는 이른바 '줌 폭격(ZOOM-BOMBING)'으로 난관에 봉착했다. 비난이 쏟

아지자, 화상회의 플랫폼 줌(ZOOM)의 최고경영자(CEO)가 공식 사과에 나섰지만 역부족이었다. 무엇이 문제였을까? 영상회의 서비스 줌(Zoom)이 연일 대중과 미디어로부터 질타를 받은 것은 줌 폭격(Zoom Bombing) 등 보안 문제가 계속 제기되었기 때문이다. 줌은 자사 블로그를 통해 "종단 간 암호화를 쓴다고 잘못 소개하면서 일어난 혼란에 사과하고 싶다."라며 "가능한 많은 조건에서 통신 내용을 보호하기 위해 암호화를 하려고 노력해 왔으며, 이런 관점에서 '종단 간 암호화' 라는 용어를 사용했다."라고 해명했다. 하지만 사태는 잠잠해지지 않았다. 뉴욕타임스가 줌에서 익명이나 가명을 사용하더라도 링크드인(LinkedIn) 프로필이 자동으로 연동돼 특정인의 링크드인 프로필에 접근할 수 있다고 밝히며 또 다른 개인정보 유출 문제를 지적했다. 온라인수업을 해야 하는 나도 처음에는 줌을 이용한 화상 강의를 생각했다가 걱정이 되어서 포기했다. 브랜드 평판이라는 것은 전체적인 균형이 필요하다. 무엇 하나만 삐끗해도 요동치기 때문이다.

모바일 시대는 '스토리 이미지 커뮤니케이션' 시대

인스타그램 브랜딩에서 가장 중요한 것 중 하나가 바로 사진 한 장의 차별성이다. 거기에 시선과 손가락을 멈추게 하는 매력적인 스토리가 있는 글이다. 한 장의 사진에 스토리 이미지 커뮤니케이션이 있으면 생각지도 못할 만큼 빠른 속도로 공유, 전달되며 파도 같은 전파력을 갖는다. 코로나19가 전 세계를 덮친 지금 소셜미디어의 역할은 무엇일까. 매일 5억 명 이상이 사용한다는 인스타그램의 최고경영자(CEO)는 소셜미디어가 이용자들에게 안전을 보장하고 외로움을 해결해 줘야 한다고 강조했다. 이탈리아에서는 봉쇄 기간 동안 400만 명 이상이 인스타그램과 페이스북에 #모든것이괜찮아질것 #나는집콕중 이라는 해시태그를 달아 글을 올리고 서로를 위로했다.

모세리 CEO는 '코로나19 확진자가 표백제를 먹으면 빨리 나을 수 있다.' 라는 거짓 정보를 봤다고 소개하면서 잘못된 정보를 삭제하고 정확한 정보와 사람들을 연결하는 것이 소셜미디어의 역할이라고 덧붙였다. 리더는 이처럼 자신이 속한 조직의 역할을 시기적절하게 재인식을 시켜주면서 신뢰도를 높여야 한다. 이것이 바로 브랜드관리의 마지막 단계인 부정적인 이슈를 제거하며 브랜드 안정화 관리를 하는 모습이라고 할 수 있다.

▶12 ː 어긋난 CEO의 PI브랜딩 전략
회복기간은 700년

4차 혁명 시대 CEO들에게 이제는 많은 비즈니스에서 사람을 대하는 것은 선택이 아닌 필수이자 생존이 되었다. CEO의 이미지가 사업 프로젝트의 성패와 회사의 매출에 영향을 주는 만큼 외부 고객은 물론 내부 조직원들에게 신뢰를 주는 CEO의 PI 브랜딩 전략은 더욱 중요하게 되었다. CEO 이미지를 만드는 데는 7초의 시간이 걸리지만 그 이미지를 바꾸는 것은 무려 70년이 걸리고 완전히 지우는 데는 700년이 걸릴 수도 있다.

CEO로서의 PI(Personal Identity) 브랜딩은 글로벌 경영진의 회사 시장 가치의 44%에 기인한다는 분석이 있다. 또 직원 유치 및 직원들의 동기 유발에 큰 역할을 한다. 회사 외부에서는 잘 브랜딩 된 CEO의 평판 PI가 투자자를 끌어들이고 긍정적인 언론의 주목을 받으며 홍보 재난을 관리한다.

코로나 위기로 곤혹스러운 세계의 리더들

전 세계가 본격적인 코로나 팬데믹(대유행)에 진입했는데 전 세계 코로나 팬데믹을 효과적으로 제어할 글로벌 리더십이 없다는 보도가 연속 나오고 있다. 세계 유일 초강대국 미국의 대통령은 미국에서도 코로나 리더십을 인정받지 못하고 있다. 코로나19 발생 초기에 자신의 트위터에 "내 친구 시진핑 주석이 알아서 잘할 것"이라며 '강 건너 불구경' 하는 듯한 태도를 보였다. 이후 미국에 서서히 문제가 심상치 않음을 느끼자 코로나 사태를 이슈화하지 말 것을 주변 참모들에게 얘기했고 환자가 급격하게 늘기 시작하자 그제야 국가 비상사태를 선포했지만 이미 때는 늦어버렸다. 그동안 경제성장으로 쌓아올렸던 브랜드 평판을 한순간에 날려버린 셈이다.

❄13: 아쉬운 위기관리 능력을 보여준 리더들

　　G2 반열에 오른 중국의 시진핑 주석의 코로나 리더십도 한계가 있었다는 분석이다. 중국은 코로나19 발생 초기, 미국이 중국발 여행객의 입국을 금지하자 미국이 공포를 조장하고 있다며 강력히 반발했지만, 중국으로 코로나19가 역유입되자 미국과 같은 조치를 한 것이다. 이중 잣대를 댄 셈이다.

　일본은 올림픽을 강행하려고 의도적으로 코로나19 발생을 축소했다는 의심을 받으며 종잡을 수 없는 코로나19 대응 방식으로 전 세계가 당황하고 있다는 보도가 계속 나왔었다.

　세계보건기구 WHO는 팬데믹을 뒤늦게 선언해 초동진압의 기회를 놓치면서 독립적인 세계 기구로서의 위상을 스스로 떨어트렸다. 세계보건기구 WHO는 World Health Organization이 아니라 China Health Organization이라는 말이 나올 정도로 신뢰가 추락했다. 위기일 때 진정한 리더십을 볼 수 있고 위기가 지난 후에 진짜 브랜드 평판이 형성되나 보다.

나이키의 메시지: 플레이 인사이드, 플레이 포 더 월드

신종 코로나19로 전 세계 스포츠가 사실상 정지된 상황에서 스포츠 브랜드들도 경기나 선수를 활용한 마케팅이 전면 차단되다시피 하면서 힘들어졌다. 하지만 글로벌 브랜드들은 전례 없는 위기에 코로나 극복 마케팅으로 오히려 온라인상에서 큰 호응을 얻고 있다. 개별 제품 판매에 주력하기보다는 브랜드 이미지 전파에 포인트를 둬서 코로나 사태 이후의 고객들에게 좋은 브랜드 평판을 얻기 위한 전략이다.

나이키가 앞세운 극복의 메시지는 '플레이 인사이드, 플레이 포 더 월드(Play inside, play for the world)'로 사회적 활동의 제한을 유도하는 동시에 실내에서의 운동을 멈추지 말라는 의미도 갖고 있다. 나이키가 후원하는 대표적인 선수인 '골프 황제' 타이거 우즈는 실내 골프 시뮬레이터로 연습하는 사진을 인스타그램에 올렸는데 나이키 슬로건 아래에 자신의 사인을 넣었다. 나이키 측은 힘든 상황 속에서도 모든 이들이 일상에서 건강을 유지하며 계속해서 운동할 수 있도록 독려하기 위해 기획했다고 설명했다.

언더아머: '함께 돌파해나가자'

언더아머는 '지름길은 없다. 오직 돌파(The Only Way Is Through)'

라는 슬로건을 전면에 내세웠다가 코로나19 확산 이후로는 '함께 돌파해나가자(Through This Together)'라는 메시지로 발전시키면서 더 주목받고 있다. 이 회사는 최근 마스크와 의료용 가운 제조를 시작해 본사가 있는 미국 볼티모어의 의료진 돕기에 팔을 걷어붙이고 있다. 의료진을 중심으로 마스크를 제공하면서 평판 관리에 힘썼다.

뉴발란스: '지금이 바로 우리의 정체성을 깨달을 때'

뉴발란스도 '지금이 바로 우리의 정체성을 깨달을 때(Now is when we all discover who we can be)'라는 메시지와 함께 '활동은 멈추되 협력은 멈추지 말아야 한다.'라는 내용의 캠페인을 벌였다. 이 회사 역시 신발 생산을 줄이고 마스크 제작에 착수하면서 위기 상황에 발맞추어 변화하는 전략을 세웠다.

아디다스: '홈팀(HOME TEAM)'

아디다스의 슬로건은 '홈팀(HOME TEAM)'으로 스포츠의 팀플레이처럼 사회적 거리 두기에 모두가 참여해야 한다는 내용이다. 소셜미디어에서는 '홈팀' 해시태그를 단 영상을 쉽게 만날 수 있다. 전 세계의 아디다스 후원 선수들이 밖에 나가지 않고 즐길 수 있는 '나만

의 집콕 라이프'를 직접 들려주고 영상 속 선수들은 기타를 배우거
나 줄넘기를 하거나 아이를 돌본다. 첼시 주장은 1,000조각짜리 퍼
즐을 맞추고 영상 속 트레이너들은 하나같이 해당 회사의 주력 제품
을 착용하고 등장해 광고모델 역할을 겸하는 브랜드 전략을 사용한
다는 공통점이 있다.

세계에서 가장 부유한 사람들

미국 경제 전문지 포브스가 선정하는 2020년 '400대 미국 부자'
순위에서 아마존 최고경영자 제프 베이조스가 1위를 차지했다. 포브
스가 공개한 400대 미국 부자 순위에서 베이조스는 순자산 규모
1140억 달러(약 137조 5980억 원)로 2년 연속 1위에 올랐다. 이혼으로
전처에게 아마존 지분 25%를 넘겨주면서 베이조스의 순자산 규모
가 축소되면서 주춤했는데도 불구하고 여전히 1위다. 베이조스의 뒤
를 이어 2위 부자에 오른 인물은 빌 게이츠 마이크로소프트 창업자
로, 그의 자산은 1060억 달러(약 127조 9420억 원)로 분석되었고 워런
버핏 버크셔해서웨이 회장은 808억 달러(약 97조 5256억 원)의 자산으
로 부자 순위 3위에 올랐고, 마크 저커버그 페이스북 CEO는 4위에
이름을 올렸다. 브랜드는 이미지와 평판의 합이고 명성과 성과의 합
이 만나 형성된 평판을 통해서 부의 축적은 자연스럽게 이루어질 것

이다. 그렇다면 좋은 퍼스널 이미지와 브랜드 평판을 원하는 사람들이 명심해야 할 것은 바로 세계 갑부들의 브랜드 평판 관리법을 들여다보고 따라 해보고 자신의 것으로 만들어보는 것이라는 명제가 성립된다.

▶14 ▪ 글로벌 리더들의 브랜드평판 관리

　　평판 관리는 오늘날 온라인 마케팅, 비즈니스 및 브랜딩 세계에서는 꼭 필요한 개념 중 하나다. 큰 규모의 비즈니스뿐만 아니라 이제는 개인에게도 장착되어야 하는 경쟁력이다. 브랜드를 보고, 첫인상을 느끼고 고객의 지갑을 열게 하는 힘이 있기 때문이다. 그렇다면 브랜드 평판은 어떻게 하면 될까 고민이 될 수밖에 없다. 브랜드 평판을 관리하는 전문업체나 나 같은 전문가에게 의뢰하는

것이 가장 간편한 방법이다. 하지만 경제적으로 절약을 하면서 타인에게 도움을 받지 않고 싶다면 희소식이 있다. 스스로 브랜드 평판을 관리할 수 있는 쉬운 방법이 있기 때문이다.

그러기 위해서 가장 중요한 것이 있는데 그것은 바로 브랜드 평판을 항상 자신의 뇌에 각인해 두어야 한다는 것이다. 다시 말해서 늘 염두에 두고, 자신이 과연 어떤 형태의 브랜드 평판을 원하는지와 현재 어떤 위치인지를 확인하는 것이 매우 중요하다. 개인 브랜드 또는 비즈니스 브랜드와 관계없이 이를 달성하는 프로세스는 일반적으로 비슷한 과정과 단계를 밟는다. 자신의 개인 브랜드를 만들고 관리하기 위해서는 먼저 시작해야 할 것이 있다. 구글이나 네이버, 다음 등에 자신의 이름을 넣고 검색해보는 것이다. 그리고 확인 작업 후 브랜드 개선 및 보호를 시작하는 것이다. 보다 체계적이고 구체적인 방법은 앞서 언급한 리더로서의 PI 브랜딩 전략과 단계가 같으니 직접 꼭 접목해보기 바란다.

1. 브랜드평판 목표 세우기

개인이라면 자신이 원하는 목표를 세우고 조직의 리더라면 조직의 브랜드와 자신의 브랜드를 조화시켜서 하되, 미래지향적이고 긍정적인 목표를 세우도록 하자.

2. 타깃 고객을 정의하기

자신의 메시지에 관심을 갖는 계층과 자신이 어필하고 싶어 하는 계층의 공통 지점을 정하도록 하자.

3. 소셜네트워크서비스 활용하기

소셜미디어를 통해서 자신의 생각을 설명하고 메시지를 시의적절하게 어필하면서 상호 소통하자.

4. 결과 측정

소셜미디어에서 검색한 자신의 평판을 정기적이고 지속적으로 검색하고 정리하자.

함께 해봐요

● 자신의 브랜딩 평판 관리 전략을 세워볼까요?

−브랜드 평판 목표 세우기

-타깃 고객을 정의하기

-소셜네트워크서비스 활용하기

-결과 측정

리더의 이미지는 인격 브랜드

브랜드 평판 관련 선행 연구를 살펴보면, 리더의 이미지를 하나의
인격 브랜드로 인식하고 브랜드 평판을 높여 기업 브랜드 이미지에

긍정적인 영향을 주는 것은 무형자산화될 수 있다는 정의가 나온다. 아울러 브랜드는 기업 이미지를 높이는 중요한 요소임을 언급하고 있다. 브랜드는 투자자에게 위험을 보장하며, 기업 브랜드 정체성을 구성하는 중요한 요소로 임직원들을 통합시키는 힘이 되고 기업의 평판을 결정하는 요소다. 결국, 리더의 이미지와 브랜드적 가치는 기업 가치에 연동되어 기업의 주가가 올라가면 이미지 브랜드적 가치도 동반 상승한다.

15 : 위기 극복한 리더의 이미지제고와
평판가치 상승

평판(reputation)이란 일반적으로 조직이 바람직함에 대한 현재 평가로 정의한다. 평판이라는 것은 그 조직에 대한 외부 이해관계에 의해서 형성되는 평가로써 외부인에 의해서 제한될 수 있고, 전체 평가에도 영향을 미칠 수 있다. 기업 입장에서 소비자에게 전달하고자 하는 이미지를 기업의 BI(Brand Identity)라고 하고 기업 BI를 개인 차원에서 그 회사의 리더에게 적용한 것이 리더의 평판이다.

리더를 기업 브랜드 자산으로 생각해서 그 가치를 업적, 개성, 이미지 등 여러 측면에서 효율적으로 높여 궁극적으로 리더 자신의 가치뿐 아니라 기업의 시장 가치를 높이고자 하는 것이다. 리더가 위기에 처한 기업을 구하거나 탁월한 성과를 낼 겨우 리더의 개인 이미지 제고 노력 등이 부각되면서 평판 가치가 상승한다.

예를 들어서 GE의 잭 웰치가 CEO로 임명되었을 당시 주가에 변화가 없었으나 재임 중 높은 성과를 올려 주가가 업계 평균 대비 2배 이상 상승한 예처럼 기업 실적이 좋아지고 주가가 올라가면 리더의 평판 가치도 같이 상승한다. 리더의 평판은 사원들을 포함한 내부 고객에게는 대면 접촉 등의 직접 커뮤니케이션으로 이미지가 형성되고 외부 고객들에게는 언론 활동 등 간접 커뮤니케이션으로 이미지가 형성된다.

평판에 대한 이미지가 형성된다. 리더가 기업 자산 중에서 가장 결정적인 요소인 동시에 기업 이미지 자산의 핵심이라고 할 수 있다. 다시 말해서 평판은 리더의 이미지가 커뮤니케이션을 통해 다수에게 기업의 이미지를 높이는 것이라고 할 수 있다. 리더의 커뮤니케이션 및 언론 노출은 해마다 증가하면서 평판에 따라 투자 여부가 결정되는 등 리더 평판의 중요성은 날로 커지고 있다.

평판이란 리더의 명성과 성과 등에 의해 형성되는 회사의 자산으로 회사 내외부의 이해관계자들이 가지고 있는 회사 리더에 대한 존경이나 경의 같은 것이다. 결국, 평판은 실제의 가치를 창출할 수 있는 리더가 소유할 수 있는 가장 중요한 무형자산 중 하나다.

❄16 : 리더평판의 기능 및 구성요소

미국 산업계에 들이닥친 장기 불황으로 인해서 많은 리더가 해직되었고 이로 인해서 능력과 실적 중심으로 리더를 평가하는 흐름이 1980년대 이후에 급격하게 생겼다. 성과가 우수한 리더는 장기 재임과 높은 연봉을 보장받았으나 반대의 경우는 즉시 해임되는 양극화가 심해졌기 때문에 성과 높은 리더의 가치는 급격히 높아졌다.

리더 평판의 구성요소는 명성과 성과로 이어진다고 앞서 언급한 바 있다. 하지만 더 깊숙하게 들여다보면 하나의 차원에서 이루지는 것이 아니라 다양한 영향요인에 의해 평판이 좌우된다. 벨기에에서 실시한 리더 평판에 관한 연구에서 리더들이 생각하는 리더 평판의 관념에서 리더가 중요하게 다뤄야 할 부분들을 다음과 같이 보여줬다.

첫째, 어려운 경제 상황에서 성장을 이뤄야 한다. 둘째, 평판의 위기를 잘 관리해야 한다. 셋째, 기업을 이끄는 진정한 리더가 되기 위해 노력해야 한다. 평판 구축을 위해서는 첫째, 기업의 문화에 걸맞은 차별화 된 포지셔닝을 구축해야 한다. 둘째, 언론과의 관계에서 주체가 되어야 한다. 셋째, 내부 고객부터 팬으로 만들어야 한다. 넷째, 본질에 충실해야 한다.

평판은 명성과 성과를 계획적으로 잘 관리해야만 이루어지고 기업의 위상과 인지도를 반영함과 동시에 기업 가치를 제고하는 역할을 담당한다. 미국 기업 리더들의 약 65%는 경영자의 제1 미션으로 기업 명성 제고와 성과 유지를 언급한다.

완벽하지 않아도 좋다

프란치스코 교황이 자신의 손을 뒤에서 잡고 놓지 않은 한 신도를 향해 화내는 모습이 화제가 된 적이 있다. 외신에 따르면, 2020년 새해 전날 밤 바티칸 시국의 성 베드로 광장에서 신자들과의 인사를 나누던 교황은 한 여성 신도에게 오른손을 붙잡혔다. 여성은 교황의 몸이 휘청거릴 정도로 손을 강하게 잡아당기며 큰 소리로 외쳤다. 붙잡힌 팔이 아픈 듯, 얼굴을 찌푸린 교황은 왼손으로 여성의 손등을 두 차례 치는 모습이 포착되었다. 프란치스코 교황은 이날 미사에서 "우리는 많은 순간에 인내심을 잃을 때가 있다. 나도 그렇다." 면서 "'나쁜 사례'에 대해 사과한다."라고 말했다. 교황에 대한 기대가 큰 만큼 실망한 사람들도 있었을 것이다. 반면에 오히려 인간적인 모습을 보았다는 사람들도 적지 않다. 나 같은 경우는 빠르고 솔직하게 사과한 교황의 모습에 실망감이 눈 녹듯이 사라졌다. 처음부터 끝까지 완벽한 교황도 좋지만, 완벽하지 않아도 좋다. 제대로 성찰하고 반성하고 사과할 줄 아는 모습이 더 아름답지 아니한가!

함께 해봐요

● 자신이 완벽하지 않았지만 그래도 좋았던 경험이 있나요?

닮고 싶은 사람을 벤치마킹하자

　글로벌 리더의 이미지로 거듭나고 싶다면, 스스로 글로벌 리더의 자격이 있는 사람이라고 마인드 컨트롤을 하면서 믿음을 갖는 것이 중요하다. 믿는 것에서 나아가 좀 더 적극적인 행동으로 자기 암시를 활용하는 것도 목표달성을 위해 좋은 방법이다. 자기 암시 효과를 극대화하기 위해서는 자신의 브랜드 이미지를 구체화하여 글로 적어두고 개인 슬로건처럼 활용하는 것도 좋다.

자신의 목표를 글로 적어두었던 3%의 졸업생들이 20년이 지난 뒤, 나머지 97%의 졸업생들이 축적한 재산보다 더 많았다는 미국의 한 대학 조사 결과가 이를 뒷받침한다. 글로벌 리더가되고 싶다면, 종이에 이렇게 써보자. '글로벌 리더로 거듭나자!' 라고. 그리고 가장 잘 보이는 곳에 붙여놓고 스스로 그런 사람이라고 생각하고 글로벌 리더들의 이미지와 브랜딩 전략을 벤치마킹하는 노력부터 해보자.

함께 해봐요

● 자신의 브랜드 이미지를 구체화하는 개인 슬로건을 한번 만들어볼까요?

피자 두 판과 악몽 메모전략

글로벌 유통시장을 장악한 세계 1위 온라인 마켓의 CEO 제프 베조스는 최적의 드림팀을 완성할 수 있는 규칙으로 '피자 두 판'을 내

세웠다고 한다. 수많은 직원과의 소통을 끔찍하게 여긴 제프 베조스가 내놓은 규칙은 '팀의 인원수가 피자 두 판으로 식사할 수 있는 인원으로 제한하는 것'이었다. 글로벌 IT 그룹을 이끈 빌 게이츠는 위기의 순간을 대비하기 위해 '악몽 메모'를 했다고 한다. 최악의 시나리오를 예측해서 늘 미래를 고민하고 또 고민했다고 전해진다.

점심 미팅과 서서 회의 전략

스타벅스의 전 CEO 하워드 슐츠는 매일 새로운 사람과 점심을 먹는 전략을 늘 실천하려고 노력했다고 한다. 항공사부터 관광업까지 400여 개의 계열사를 소유한 슈퍼리치인 리처드 브랜슨은 효율적인 의사 결정을 내리기 위해 '서서 회의'를 하는 전략이 사업 성공의 비결 중에 하나라고도 한다.

자신만의 이미지 코드 전략

스티브 잡스처럼 늘 똑같은 옷을 입는 것으로 화제가 되기도 한 사람이 있다. '회색 티셔츠를 입는 것'으로 시간 낭비를 하지 않는다고 밝힌 페이스북의 마크 저커버그다. "왜 똑같은 옷을 입고 다니냐"라는 질문을 받았던 그는 "가능한 다른 모든 의사 결정을 최소화하고 일에만 집중하기 위해서"라고 대답한 적이 있다.

독보적인 브랜드 평판을 갖고 있는 사람들

스타벅스 CEO 출신 하워드 슐츠, 테니스의 여제 세레나 윌리엄스, 미국 프로 농구(NBA) 대표 슈터 스테판 커리, 미쉐린 스타 고든 램지, 20대에 오스카 여우주연상을 수상한 나탈리 포트만…. 이들은 각자 다른 분야에서 일하고 있지만, 자신의 분야에서 최고의 퍼스널 이미지와 브랜드 가치를 갖고 있다는 공통점이 있다. 이런 스타들에게 강의를 받을 기회가 주어진다면 어떨까. 미국 스타트업 '마스터 클래스(Master Class)'에서는 일정 금액을 지불하면 업계 최고 스타들이 스승이 될 수 있다는 보도를 읽은 적이 있다.

오늘 마틴 스코르세지에게 영화제작 기술을 배웠다면, 내일은 크리스티나 아길레라가 노래를 잘하는 방법을 알려준다. 메이크업에 관심이 생겼다면 바비 브라운의 노하우를 전수받고, 드래그퀸 루폴에게 자존감 수업을 받을 수도 있다. 댄 브라운의 '다빈치 코드' 같은 작품을 어떻게 쓰게 됐는지도 들여다볼 수 있다.

이 수업을 통한 가르침이 수강생에게 실제 변화를 가져오기도 했다고 한다. 예를 들어 한 수강생은 더스틴 호프만의 수업에서 받은 조언을 토대로 오디션을 봤고 배역을 따는 데 성공했고 자신도 언젠

가는 많은 사람에게 영향력을 주는 사람이 될 수 있다는 꿈을 가졌다고 한다. 사람들에게 영감을 주고 꿈을 심어주는 것은 브랜드 평판이 좋은 사람들이 끼치는 선한 영향력 중에 하나다.

❄17: 명품 브랜드들의 코로나 극복 통한
브랜드 평판

코로나19가 장기화되면서 유럽 명품 브랜드들이 기부용 마스크와 손 소독제 생산에 뛰어들고 있다. 에르메스는 "많은 양의 손 세정제와 마스크를 에르메스 공장에서 생산해서 기부하고 파리 공립병원들에 기부금을 지원했다. 공장들은 문을 닫고 매장도 한산해졌지만 전 세계 1만 5500명의 에르메스 직원을 한 명도 해고하지 않고 기본급을 유지하겠다."라고 전했다. 에르메스뿐 아니라 지난달 루이비통모에헤네시(LVMH) 그룹 등 세계 최대 명품 그룹들이 모두 마스크와 손 소독제를 생산해 기부하는 데 발 벗고 나서는 모습들이 이제는 새삼스럽게 느껴지지 않는다는 것은 참 기분 좋은 변화다.

🔹18 : 아날로그에서 AI 로 변화한 스타벅스

진주도 꿰어야 보배인 것처럼 아무리 많은 정보를 보유했다고 하더라도 이를 잘 활용하지 못하면 소용이 없다. 데이터를 제대로 수집하고 분석해 활용하는 것이야말로 급변하는 기업 경영 환경의 불확실성을 없애고 새로운 사업 기회를 창출하는 가장 좋은 방법이다.

이런 측면에서 최근 세계 최대 커피 전문점 스타벅스가 다시 주목받고 있는 이유가 있다. 바로 보유한 데이터를 적극적으로 분석하고 사업에 접목하며 성장하고 있는 기업이라는 설명과 의지를 보이기 때문이다. 스타벅스 역시 처음에는 아날로그 감성을 중요시했고 이 점이 주효해서 매장을 늘려 갈 수 있었다. 그러다가 스타벅스는 경쟁사들의 강한 견제에 주춤하면서 2008년 세계 금융 위기가 터졌다. 결국, 스타벅스의 매출이 급감하기에 이르렀고 당시 스타벅스 최고 경영자(CEO)였던 하워드 슐츠는 '적극적인 데이터 활용'을 주문한 것이다. 이때부터 스타벅스의 이른바 '데이터 비즈니스'가 내부에 본격적으로 닻을 내린 셈이다.

그래서인지 스타벅스가 그 누구보다 데이터 활용에 뛰어난 역량을 지닌 '기술 전문 기업'이라는 평가가 나온다. 이처럼 브랜드 평판이라는 것은 위기를 만나 오르락내리락하면서 더욱 단단해진다. 그리고 수동적인 것이 아니라 능동적으로 자신을, 자사를 지속적으로 설명하려는 노력이 더해져야 하는 것이다.

강단 있는 발언으로 인기 얻은 파우치 박사

도널드 트럼프 미국 행정부의 코로나19 대응 전면에 서 있는 앤서니 파우치 국립 알레르기 · 감염병 연구소(NIAID) 소장에 대한 신변 위협이 높아졌다는 보도를 본 적이 있다. 파우치 박사는 코로나19의 위험성 및 대처법에 관한 과학적 설명을 쉽고도 정확하게 전달하면서 퍼스널 이미지를 구축했다. 그러다가 트럼프 대통령의 잘못된 발언을 즉석에서 수정하는 강단을 보여주면서 대중들에게 큰 인기를 끌고 있다. 자연스럽게 평판이 좋아지면서 '강단 있는 파우치 박사'라는 브랜드를 갖게 되는 분위기다. 그의 얼굴을 새긴 도넛, 양말, 접시가 나오는 것만 봐도 그 인기를 증명하고 있다.

불안한 미래에 브랜드평판을 잘 관리하는 리더 빌 게이츠

오만가지 고난과 역경에도 불구하고 결국 재기에 성공한 리더들이 있다. 그들의 실패극복 성공 이야기를 보면서 몇 가지 공통점이 있음을 알게 된다. 실패 원인을 냉정하게 분석하고 역발상을 한다는 것이다. 하지만 가장 중요했던 것은 자기다움으로 승부수를 던지면서 자신만의 브랜드 평판을 유지 관리했다는 사실이다. 자신이 스스로 하고 싶은 것을 고집 있게 밀고 나가 자기다움으로 일관한 리더를 보자. 마이크로소프트의 초기 성장부터 성숙까지의 기간 동안 CEO로 일하면서 리더십과 경쟁력을 보여주었던 빌 게이츠는 최근 마이크로소프트 이사회에서 사임했다. 자신은 현재 추진하는 자선 사업에 전념할 계획이라고 밝혔는데 이는 대단한 결심이라고 본다. 설립자는 회사에서 특별한 위력을 가진 존재로서 자신이 역량을 발휘하기에는 나이가 들었다는 사실을 망각하는 경우가 적지 않다. 그래서 일반적으로 물러나야 할 때를 몰라서 회사에 막대한 피해를 주는 사례를 보곤 한다.

하지만 그는 떠나야 할 때를 늦추지 않음으로써 그동안 쌓아올린 브랜드 평판을 유지하며 박수갈채를 받는 퇴진을 했다.

영감을 주는 삶의 파랑새

지구에 사는 약 77억 명의 인간들의 꿈에 나타나서 영감을 주고 삶의 나침반 역할을 해주는 사람들이 있다. 이들의 이미지는 호감이 가서 오래 기억되고 이들의 삶에는 다 이야기가 있어서 힘이 세다. 바로 퍼스널 이미지와 브랜드 평판이 좋은 사람들이다. 이들의 이야기는 꿈을 포기하는 사람들에게 파랑새가 되기도 한다.

 러시아 영하 50도의 추운 날씨, 몸이 묶인 채 사형대에 오른 28세의 한 정치범은 엄습해오는 죽음의 공포 속에 추위조차 느끼지 못하고 있었다. 반체제 비밀 독서클럽에 가입한 죄로 정치범이 된 이 청년에게 사형집행관은 죽음을 준비할 시간 5분을 주었다. 청년은 함께 묶인 동료에게 마지막 인사를 하는데 2분이 훌쩍 지나갔다. 얼마 남지 않은 3분이 흐른 후의 자신의 마지막을 생각하니 순간순간 소중하게 쓰지 못했던 지난 28년의 귀한 시간에 대한 후회가 밀려들었다. 다시 한 번만 더 살 수 있다면 정말 제대로 인생을 잘 살아보고 싶다는 생각이 마구마구 밀려들어올 즈음, 점점 선명하고 빠르게 들려오는 말발굽 소리와 함께 차르의 특사로부터 전해진 사형중지 통보! 정말 기가 막힌 찰나에 죽음의 낭떠러지에서 삶의 밧줄을 움켜쥔 그 청년은 이후 4년간 1500명의 죄수들과의 생활을 통해 삶과 죽음 그리고 인간의 내면에 대한 깊은 성찰을 하게 된다. 그 성찰은 창작의 불씨가 되어 명작을 남긴다. 이 청년은 바로 '너저분한 글만 쓴다.' 라는 비판을 평론가들에게 받았었던 20년 경력의 작가이기도 하다. 바로 세계 문학의 걸작으로 알려진 [죄와 벌]을 쓴, 19세기 러시아 문학을 대표하는 세계적인 문호 표도르 도스토옙스키[Fyodor Mikhailovich Dostoevskii]다. 니체에게 무언가를 배울 수 있는 유일한 심리학자로 인정받았던 그는 전 세계인들에게 사색과 도덕 그리고 영감을 주는 삶의 파랑새로 남아있다.

가치 소비자들이 사랑하는 명품 연필

많은 고객은 '가치 소비'를 지향한다. 가치 소비란 소비자들이 직접적인 가치 판단에 따라 사전 정보를 토대로 비교해보고 구매하는 합리적인 소비 방식을 가리킨다. 가치 소비 고객들이 많아지면서 이들은 시간과 발품 대가로 고품질을 합리적인 가격에 구매하는 것을 능력으로 여기며 SNS를 통해 소문도 발 빠르게 내는 주역들이다. 예전에 한 모임에서 지인이 범상치 않은 연필 한 자루를 꺼내 가격을 이야기하자 모두 놀란다. 놀란 이유는 그 연필을 구입한 지인이 일명 '구두쇠'로 유명하기에 그런 고가 연필을 샀다는 것이 의외였기 때문이다. 그리고 곧바로, 그 연필이 왜 '고가'일 수밖에 없는지 지인의 설명을 듣고 '아름다운 브랜드 가치'에 대해 다시 한번 생각하게 되었다.

괴테와 고흐가 사랑한 매혹적인 연필

위대한 문호 괴테, 빈센트 반 고흐, 케네디 대통령의 공통점은 무엇일까? 바로 지인이 구입했다는 명품 연필, '파버카스텔'의 마니아였다는 것이다. 파버카스텔은 독일 남부 뉘른베르크에서 1761년 창업한 회사로 현재 전 세계에서 가장 오래되고 가치 소비자들이 사랑하는 명품 필기구 회사로 꼽힌다. 우리가 예전에 사용했던 육각형 연필을 고안해낸 것도 이곳이고, 연필심의 짙기(B)와 강도(H)를 세분화한 것도 바로 '파버카스텔'이다. 아날로그적인 연필에 '창의'와 '융합'을 더해서 고객의 '감성'을 정확하게 사로잡은 스마트한 기업이다. 창립 240주년을 기념해 백금과 다이아몬드를 장식해 만든 한정판 '퍼펙트 펜슬(perfect pencil)'은 당시 우리나라 돈으로 1250만원 정도 했는데도 순식간에 '완판'되었다고 한다. 샤넬의 전성기를 만든 독일 출신 패션 디자이너 칼 라거펠트와 손잡고 300만 원이 넘는 '칼박스(Karlbox)'를 내놓기도 했었는데 지금은 사고 싶어도 살 수가 없는 이유를 바로 '브랜드 가치'의 힘을 통해 알 수 있다.

디지털 시대에 고객의 감성을 자극한 '장인성'과 '철학'

지금은 손글씨 대신 스마트 폰이 대세다. 그럼에도 불구하고 필기구 시장이 점점 커지는 이유는 무엇일까? 디지털 시대에 많은 소비자가 아날로그적인 '감성'에 목말라있기 때문이다. 연필을 잡고 끼적이면서 굳어져 있던 마음의 근육들을 편안하게 내려놓고 싶은 것이다. 그러다 보니 연필 하나를 고르더라도 더욱 신경을 써서 선택하게 되기에 '장인성'이 묻어나는 연필이라면 고가임에도 불구하고 '가치 소비자'들에게 선택된다. 세대가 지나도 소비자들이 믿고 선택할 수 있을 만큼 '장인성'과 '철학'이 담긴 것을 우리는 '명품'이라고 한다. 명품은 그 가치를 아는 이만이 누릴 수 있는 '품격'이다.

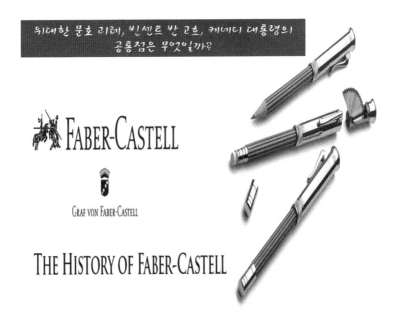

Personal

Image

Branding

The Power to Explain Myself

PART 05:

우리를 설명하는 힘
우리모두의 또 다른 봄

우리의 잠재력을 설명하는 단계:
세계에 우리의 선한 영향력 전파단계

✿01 : 비상시에 더욱 비상하는 한국의 위기극복 능력

　　자신이 속한 울타리, 우리에게 숨어있는 무한한 잠재력과 가능성을 제대로 바라보는 힘은 상당히 중요하다. 코로나19가 전 세계적으로 급속히 확산한 가운데 세계의 언론들이 한국의 대응을 칭찬하는 보도가 넘쳐난다. 이런 현상은 세계 속에 코리아 브랜드가 알려지고 신뢰 자본이 형성되며 평판 자본이 올라가는 절호의 기회를 맞고 있다. 아마 이번 코로나 팬데믹이 어떤 형태로 나아가든 한국이라는 브랜드와 한국 제품들은 세계 속에서 가장 신뢰받고 존경받는 브랜드가 될 것이다. 한국은 이제 세계인이 주목하는 나라가 됐다는 데는 의심의 여지가 없다.

　무엇이 한국의 평판을 만들고 한국의 차이를 만드는가? 앞서가는 의료 시스템과 함께, 투명성과 개방성, 리더십과 국민연대가 융복합돼 한국은 위기 속에서 재난극복의 세계적 롤 모델이 되고 있다. 이러한 국가적 평판 자산은 향후 세계 경제 환경 속에서 한국의 비약적 발전을 예상하게 한다.

✿02 : 세계에서 가장 매력적인 나라, 대한민국

얼마 전 월가 투자의 3대 귀재로 불리는 짐 로저스는 한국의 미래에 대해 이렇게 말했다. 한국은 앞으로 최소 10년에서 20년 동안 세계에서 가장 부유하고 매력적인 나라가 될 것이라고. 이번 코로나 사태를 통해 국민을 위해 발 벗고 나서는 의료진들과 전 국민의 나를 희생하는 자발적 봉사와 협력의 시민 정신, 위기 때마다 보여주는 가슴 뭉클하고 감동 주는 헌신의 이야기들이 세계인들의 마음속에 새겨지고 공감을 자아내며 한국과 한국인에 대한 존경과 신뢰를 하게 됐다. 이것은 한국이라는 국가 브랜드가 가지는 소중한 평판 자산이 됐다.

우리나라 및 국가 브랜드 순위

영국 컨설팅 업체 브랜드파이낸스가 최근 발표한 국가 브랜드 2019 보고서를 보자. 우리나라는 2조 1천억 달러로 브랜드 가치가 전년보다 증가해 9위로 한 단계 상승했다. 특히 눈에 띄는 것은 중국이다. 중국의 국가 브랜드 가치는 급상승해서 미국에 이어 2위다. 1위 미국과의 격차는 줄어서 무서운 속도로 따라붙고 있다. 중국의 브랜드 가치 상승은 화웨이, 알리바바, 중국공상은행(ICBC) 같은 브랜드의 성장에 힘입었다는 분석이다. 인도가 7위, 독일은 3위, 프랑스 6위, 캐나다는 8위, 이탈리아는 10위로 나타났다.

사우디아라비아에 최초로 입성한 방탄소년단(BTS)의 문화 전파

K-POP을 비롯해서 한류 등을 통해 우리나라의 국가 브랜드 이미지는 세계 속에서 점점 강해지고 있다. 그룹 방탄소년단(BTS)이 사우디아라비아를 보라색(BTS 상징색)으로 물들였다. 지난 10월 11일 사우디아라비아에서 〈러브 유어셀프: 스피크 유어셀프〉 공연을 한 BTS는 사우디아라비아 스타디움에 입성한 최초의 해외 가수로 기록되었다. 사실 지금까지 사우디아라비아에서 대중가수가 공연한다는 것은 사실상 가능하지 않았던 일로 여겼다. 예전에 한국, 하면 떠오르는 이미지가 삼성 휴대전화, 현대자동차였다면 이제는 한류, K-POP을 먼저 떠올리는 셈이다. BTS가 세계 속에서 대한민국의 문화를 수놓고 있음이 자랑스럽다.

프랑스 브랜드 평가 지수에서 1위에 오른 삼성전자와 한글 광고

문화뿐 아니라 경제적 측면에서도 우리 대한민국의 국가 브랜드가 더 큰 활약을 펼칠 날이 기대가 된다. 삼성전자는 프랑스에서 최초로 '갤럭시 폴드'의 한글 티징 광고를 했었다. 지금까지 세계인들은 삼성전자가 대한민국 브랜드임을 잘 모르는 경우도 많았다. 그 이유는 무엇일까? 삼성이 대한민국 브랜드임을 굳이 알리지 않았기 때문이다. 하지만 올해 초에는 한글을 통해 삼성 갤럭시를 광고했다. 그 이유는 간단하다. 그만큼 대한민국의 국가 브랜드 이미지가 세계 속에서 상승하고 있기 때문이 아닐까? 글로벌 인터넷 여론조사 업체인 '유고브(YouGov)'가 최근 발표한 '2019년 프랑스 브랜드 평가 지수(Classement France Brandindex 2019)'에서 삼성전자는 평점 45.7점으로 1위에 올랐다. 기쁜 소식이다.

✿03 : 우리나라의 남다른 가치, 국가브랜드이미지

우리나라 중소기업도 국가 브랜드를 잘 활용하면 좋을 듯싶다. 우리의 세계적인 대기업은 브랜드 홍보 역량을 갖춘 데 비해 중소기업은 아직은 그렇지 못한 실정이다. 하지만 신뢰 있는 좋은 질의 제품이라면 국가 정책의 지원하에 우리 국가 브랜드와 함께 시너지를 낼 수 있을 거라 믿는다. 우리나라에는 세계에 자랑할 것이 참 많다. 하지만 아무리 아름다운 진주라도 잘 꿰어야 가치가 있다. 그리고 그 가치를 제대로 잘 알려야 세계인이 우리의 가치를 느낄 수 있다. 세계인을 향해 꾸준히 손짓하는 것, 그래서 세계인의 가슴에 '우리의 가치와 매력'을 심어주고, 그들로 하여금 '러브콜'을 받게 하는 능력. 이제는 우리가 그 능력에 좀 더 힘을 실어야겠다. 그것이 바로 '국가 브랜드 이미지'다. 그리고 기억하자. 국가 브랜드 이미지는 신뢰감을 주는 국민 한 명 한 명의 좋은 퍼스널 이미지에서 비롯된다는 것을 말이다. 오늘은 자신이 되고 싶었던 이미지를 종이에 적어서 문 앞에 붙여보자. 그리고 그런 이미지의 사람처럼 행동해보자. 의지와 노력이 있다면 절반은 이미 성공한 셈이다.

분위기를 살리는 배려 있는 사람들

바쁜 현대인들은 점점 웃을 일이 줄어들고 있다. 그래도 주변에 배려심이 있는 사람들이 있으면 확실히 분위기가 살아남을 실감한다. '따뜻한 하루 보내시고 감기 조심하세요!' 라는 지인의 안부 인사 덕분에 하루가 따뜻해지고, 환한 미소로 인사하는 주변사람 덕분에 하루가 활기차진다. 나는 배려 있는 사람이 참 좋다. 배려 있는 사람은 서비스 실천자이기 때문이다. 자신으로 인해 주변 사람들이 즐겁고 행복해지기를 원하는 사람이기 때문이다. 물론 타고난 배려심을 갖고 있는 사람도 있다. 하지만 노력으로 주변 분위기를 부드럽게 하는 사람들이 있다. 나는 운이 좋은 편이어서 배려심과 서비스 마인드가 넘치는 사람들이 주변에 많은 편이다. 이런 사람들의 브랜드 평판은 날개를 달 수밖에 없다.

정(情)과 감(感)이 뛰어난 우리 민족의 언어

우리 민족의 '정(情)'은 참 무엇과도 바꿀 수 없는 특별함이 있다. 우리 민족은 정과 함께 감(感)도 발달했다. 즉 통찰력이 뛰어나다. '헛기침 한 번으로 백 마디 말을 한다.' 라는 이야기가 단적으로 보여준다. 그렇듯이 간접적인 의사 표현 방식으로 직접적인 대화 이상의 의미를 전달하는 것이다. 대체로 후진국일수록 목소리가 크고 말이 빠르며 쓸데없는 말이 많다는 연구결과들이 있다. 반면, 문화적 선진국일수록 언어 외적인 보디랭귀지나 침묵의 언어로 의사전달을 한다고 한다.

세계에서 지능지수가 가장 높은 우리 민족 DNA

세계에서 문맹률이 가장 적은 우리 민족은 세계에서 IQ 지수가 가장 높은 것으로도 유명하다. 그렇다면 지능지수가 얼마 정도나 될까? 바로 107이다. 실제로 우리 사회에서는 타인의 심중을 읽어낼 줄 아는 사람이 빨리 성공한다. 그 이유는 많은 사람이 '타인이 자신의 마음을 읽어주기'를 기대하기 때문이다. 그뿐만 아니라 타인의 마음을 읽을 줄 알아야 조직의 흐름 파악이 가능하기 때문이다.

눈빛만으로 생각을 읽는 능력

때로는 말없이 눈빛만으로도 상대가 무엇을 원하는지 추측이 될 때도 있다. 우리 민족은 물론, 적지 않은 동양 문화권에서는 눈빛만으로 생각을 추측하는 능력이 뛰어난 편이다. 공동체 안에서 한솥밥을 먹는 가운데 말없이 서로의 눈빛만으로도 느낌이나 의사가 전달되는 무언의 문화가 통용되고 있다. 그래서 기쁨이나 분노의 감정을 말로써 드러내는 것을 터부시해 왔다. 그래서 자신을 그리고 우리를 제대로 설명하는데 조금 서투른 성향이 있다. 대화를 통해 자신의 의견을 적극적으로 개진하는 서양인들의 입장에서는 이러한 문화는 폐쇄적으로 느끼는 부분이기도 하다.

너무 고마워서 고맙다는 말을 못 하는 우리

이심전심으로 통하는 우리 식의 대화방식은 상대방에 대한 따뜻한 배려가 그 밑바탕에 깔려 있다. 예를 들어 외국인들은 우리의 말에 '감사의 말'이 적은 것에 놀란다고 한다. 그런데 더욱더 놀라운 사실은 그 이유가 고마운 마음이 없어서가 아니라 '너무 고마워서'이기 때문이라는 점이라고 한다.

다시 말해 고맙다는 말을 함으로써 오히려 고마운 마음이 덜어질까 염려하여 말로 표현하지 않는다는 것이다. 실제로 부모 자식 간이나 부부, 연인 사이 등 친한 관계에서 은혜를 입었을 때, 고맙다는 말을 하는 것이 어색하고 쑥스러워 표현하지 못했던 경험이 한두 번쯤 있을 것이다. 표현하지 않으면 알 도리가 없다! 이제라도 늦지 않았으니 자신을 그리고 우리를 제대로 설명해보자. 제대로 표현해보자. 지금 내 앞에, 옆에 있는 누군가에게… 우리는 설명해야 하고 설명하고 싶은 것들이 너무나 많은 사람이기 때문이다.

마음과 마음, 느낌과 느낌으로 이어지는 우리의 소통언어

표현을 해야 이해하는 상대에게는 조금 더 우리의 마음을 표현하는 것도 필요하다. 교육 중에 가끔 묻는다. "배우자가 참 멋지다고 생각할 때 여러분은 어떻게 하시나요?"라고……. 대답은 교육생의 연령대에 따라 조금 차이가 있지만, 40대 이상의 남성 같은 경우는 "어떻게 하긴요. 그냥 결혼 잘했구나! 생각하지요!"라고 답변한다. "멋있으면 멋있다고 표현하는 것이 더 좋지 않을까요?"라고 물으면 십중팔구 대답한다.

"그러면, 이상하게 생각하고 꼬치꼬치 캐물을걸요? 왜 요즘 안 하던 짓 하냐고!"라고……. 이 말에 공감하는 듯 다른 교육생들도 모두 박장대소했다. 우리네 정서에서는 생각이 있어도 말로 표현하지 않는 경우가 많다. 말보다 눈빛이나 몸짓으로 고마움을 전하는 분위기가 지배적이다. 물론 그런 것을 통해 더욱 진한 고마움을 표현하고 또 그것을 상대방이 읽어냄으로써 강한 의사전달이 되기도 한다. 이처럼 우리의 의사전달 체계는 마음과 마음으로 혹은 느낌과 느낌으로 이어지는 편이다

우리나라 고유의 정(情), 다섯 가지 효과

우리나라 하면 '정(情)' 문화를 떠올리는 경우가 많다. 정에 대한 연구에서 나타난 정의 효과는 크게 다섯 가지다. 첫째, 정이 든 관계에서는 상대를 아껴주고 걱정해 주며 관심과 이해, 배려를 보여주는 행동적 특징이 나타난다. 둘째, 허물이 없어져 서로를 편하게 대할 수 있게 된다. 이는 상대방에게 의지할 수 있는 마음, 편안한 마음을 의미한다. 셋째, 필요할 때 도움을 요청할 수 있고 비밀을 털어놓거나 서로의 단점을 말해 줄 수도 있다. 넷째, 정이 들면 상대에게 화가 나도 참을 수 있고, 상대방의 실수를 덮어 줄 수 있는 결점 수요의 관계가 되기도 한다. 그리고 타인을 위해 마음을 써 주고 상대의 마음을 읽고 기쁘게 하거나 상대의 마음에 들게 행동을 한다. 마지막으로 상대를 집안 식구처럼 편안하고 든든하게 느끼며, 사회적 격식을 크게 고려하지 않아도 된다. 그러나 일반적 사회관계에서의 정은 가족관계보다 약한 정관계, 희석된 상태의 정 성격을 띠고 있다.

어질고 예의가 바른 민족, 동방예의지국[東方禮儀之國]

우리나라는 '동방예의지국'으로 불린다. 그만큼 우리 국민이 어질고 예의가 바르다는 것은 예전부터 전해져온 민족성이 아닌가 싶다.

'동방예의지국[東方禮儀之國]'은 중국인들이 예로부터 우리나라를 예의 밝은 민족의 나라라고 평했다는 데 근거한 말로 전해진다. 중국에서 가장 오래된 지리서인 산해경(山海經)에 의하면, 중국인들은 우리나라를 해 뜨는 동방의 예의지국 또는 군자국(君子國)으로 일컬어왔다. 중국의 공자도 자기의 평생소원이 뗏목이라도 타고 조선에 가서 예의를 배우는 것이라고 하였다 한다.

✿04 : 곤경에 처했을 때 더욱 빛을 발하는 어진 민족

예로부터 인정받은 우리의 어진 민족성은 지금처럼 힘들 때 더욱 빛을 발하는 것이 아닌가 싶다. 우리의 민족성을 가리켜 '어진 사람(仁人)'이니 '사양하기를 좋아하여 다투지 아니한다.(好讓不爭)' 혹은 '서로 도둑질하지 않아 문을 잠그는 법이 없다.'라고 전해졌다고 한다. 지금 비록 우리의 현실은 매우 힘들지만, 주변에 좋은 사람들과 함께이니 긍정의 힘으로 극복할 수 있다. 요즘에는 특히 마음에 와닿는 문구가 있다. '이 또한 지나가리라!'

힘들 때일수록 필요한 역지사지

요즘처럼 위생문제로 서로가 민감할 때는 상대의 마음을 녹이는 역지사지가 더욱 필요하다. 좋은 브랜드 평판의 기본은 상대방에 대한 배려다. 즉 존중하는 것으로, 상대방을 먼저 생각함으로써 나오는 행동방식이라고 생각하면 된다. 얼마 전에 한 지인으로부터 선물을 받았다. 요즘 구하기가 하늘에서 별 따기라는 고급 마스크였다. 돌볼 가족들도 많을 텐데 나한테까지 이런 따뜻한 배려를 베풂에 감동했다. 내가 받은 감동을 나도 누군가에게 돌려주고 싶다는 기특한 생각이 요동쳤다. 이렇듯 따뜻한 배려와 역지사지는 아름답게 돌고 돌아 베푼 사람의 브랜드 평판을 향기롭게 한다.

어려움을 극복하게 해주는 따뜻한 안부와 격려 메시지

힘들 때일수록 서로가 서로에게 보내주는 안부와 격려 메시지들도 어려움을 극복하게 해주는 기둥 역할을 해준다. 이런 작은 말들이 모이고 모여서 커다란 에너지를 만들어낸다. 펭수가 남긴 응원 메시지도 화제다. 제목은 '여러분이 진정한 영웅입니다. 힘내세요!'다. 해당 영상에서 펭수는 이렇게 응원의 메시지를 전했다. "지금 코로나19 치료받고 계신 분들, 치료 잘 받으시고 건강하게 나으시길 펭수가 진심으로 응원합니다! 많은 간호사 선생님, 의사 선생님들 잠도 못 주무시고 일하고 계신다고 들었어요. 선생님들 모두가 영웅입니다. 여러분! 모두 모두 힘내세요! 펭러뷰"로 마무리했다.

코로나19를 이겨내는 원동력! 지역 사회의 온정의 손길

우리나라 국민의 깊은 정과 배려는 어려울 때일수록 더 빛을 발하는 것 같다. 코로나19로 어려움을 겪고 있는 지역 시민들을 위한 지역 사회의 온정의 손길이 잇따르고 있다. 기업은 물론이고 유명연예인들의 코로나 극복 기부행렬이 줄을 잇고 있다. 그뿐만 아니라 우리나라 국민 모두 소셜네트워크서비스를 통해서 응원 메시지를 서로가 서로에게 전달하며 힘을 주고받고 있다. 이런 배려들이 어렵고 힘든 시기에 지역 각계각층에서 보낸 따뜻한 정이 코로나19를 이겨낼 수 있는 원동력이 되고 있다. 어려울수록 빛을 발하는 나눔과 연대의 정신으로 코로나19를 극복하는 우리 국민들이 대한민국의 강력한 브랜드 평판을 만든 주인공이다.

❂05 : 이 또한 지나가리라(This, too, shall pass away)

　　"이 또한 지나가리라(This, too, shall pass away)" 말의 유래가 있다. 옛날 다윗 왕이 전쟁 승리를 거두고 돌아온 날 승리의 기쁨을 오래 간직하고 싶었다고 한다. 그래서 보석 세공인을 시켜 반지를 제작하면서 이런 주문도 했다고 한다. "내가 항상 지니고 다닐 만한 반지를 하나 만들고 그 반지에 글귀를 새겨 넣으라. 내가 전쟁에서 승리하거나 위대한 일을 이루었을 때 그 글귀를 보고 우쭐하지 않고 겸손해질 수 있어야 하며, 또한 견디기 힘든 절망에 빠졌을 때 용기를 주는 글귀여야 한다."

상당히 까다로운 주문을 해결한 문구

　　이 말을 들은 보석 세공인은 당연히 근심스러웠다. 반지는 간단하게 만들 수 있었다. 하지만 반지 안에 새겨질 좋은 글귀가 떠오르지 않았다. 몇 날을 걱정하다가 솔로몬 왕자를 찾아갔다. 솔로몬 왕자가 다윗 왕의 반지 안에 새길 글귀를 알려주었는데 그 문구가 바로 "이 또한 지나가리라"라는 말이라고 전해진다.

✿06 : 인생 최고의 순간, 최악의 순간도
　　　　모두 지나가리라!

세상사 모든 것은 지나간다. 하지만 그런 간단한 진리의 말도 우리는 잊고 사는 경우가 많다. 큰 성공을 움켜쥐면 보통 사람들은 우쭐해지면서 교만에 빠진다. 세상 무서울 것이 없어지기 때문이다. 그 자리가 영원할 거라 착각한다. 하지만 그릇이 큰 사람은 다르다. 브랜드 평판이 좋은 사람은 겸손이라고 쓰인 이미지 포장지로 교만을 대충 포장하는 것이 아니라 투명한 습자지로 겸손을 정성 들여 보호하는 것이 아닐까 싶다.

아카데미 4관왕을 움켜쥔 봉 감독은 기자 간담회에서 "이 모든 것은 지나가리라 생각한다."라고 하며 웃었다. 인생 최고의 순간에서조차 방심하지 않고 예전의 모습으로 돌아가 열심히 영화를 준비하겠다는 초심의 모습을 보였다. 이처럼 최고의 순간에도 그렇지만 최고로 어려운 순간에도 '이 또한 지나가리라'의 마음가짐은 중요하다.

사계절의 아름다움을 한 폭의 풍경화처럼 묘사한 '비발디의 사계'는 내가 최근 가장 즐겨듣는 곡이다. 가톨릭 사제였던 비발디가 사제직을 포기하고 음악가의 길을 걷게 된 이유는 자신의 불행 때문이기도 했다. 어릴 때부터 기관지가 약했던 그는 천식이 점점 심해져서 미사를 더이상 할 수 없게 되었다. 그 대신에 음악을 가르치고 500곡 이상의 곡을 만들면서 '협주곡의 아버지' 라는 브랜드를 갖게 되었다. 만일 비발디가 천식을 앓지 않았다면 우리에게 영감을 주는 아름다운 '사계' 의 탄생도 없었을 것이다. 인생은 돌고 돌아 코로나 19로 인해 위축되었던 우리의 마음과 힘든 역경도 이 또한 지나가리라 믿는다.

이제, 나를 그리고
우리를 더 제대로 설명할
차례입니다!

참고문헌

강 원, 신현암, 전효찬(1999). 기업 CEO의 가치와 브랜드화, 삼성경제연구소.

권오영, 임종욱(2000), CEO의 마케팅 방법, 현대경제연구원.

박영실(2016). 고객을 사로잡는 에너지 매혹, 한국경제신문사

박영실(2015). 욕먹어도 괜찮아. 한국경제신문사

이경렬(2005). CEO이미지의 요인구조 및 척도개발에 관한 연구, 커뮤니케이션 연구, 13(1).

최병권(2005), 기업명성과 CEO, LG주간경제.

한상설. 2010. CEO평판, 기업홍보, 제품혁신이 브랜드 자산과 고객-브랜드 관계에 미치는 영향에 관한 연구, 13(1).

홍수남. 2016. 남성 정치인의 퍼스널 이미지와 선거 당선 관련성 연구, 12(1).

Burson-Marsteller, (2003). CEO Reputation Study-Belgium.

Kim, Dae-young, Byeon, Sang-ho, (2016). Influence of Corporation-CEO Reputation Gap on Purchase intention. Growth PROSPECT, Investment Attraction, and Corporate Preference. Asia-Pacific Journal of Business Venturing and Entrepreneurship. 11(3).

Jin Young Ju, Yoon Chun Seok, (2017), The Effect of CEO's Inappropriate

Behaviors on Attitude Toward Brand, A Jorunal of Brand Design

Association of Korea, 44(15).

Keller, (2008) Image of CEO and Company

Reinganum, M. R. (1985). "The Effect of Executive Succession on Stokholder Wealth," Administrative Science Quarterly, 30.

Wood, J. & Vilkinas, (2007). "Characteristics Associated with CEO Success: Perceptions of CEOs and Their Staffs," Journal of Management Development, 26(3).

[언론 매체]

[네이버 지식백과] 시장의 흐름이 보이는 경제 법칙

[서울경제] 도시에는 다 계획이 있다

[조선일보] 美 민주당 여성 의원들이 흰옷 입은 까닭은

[조선일보]] 경찰청장이 추천하는 언론 인터뷰 답변은 '지구 끝까지 쫓겠다'

[중앙일보] 인스타그램 CEO "가짜정보 지우는 것도 SNS 역할"

[중앙일보] 코로나 이후…명품 손소독제, 화상 전용 메이크업 인기 끌 것

[SBS] 세계에서 브랜드 가치 가장 높은 선수는 페더러

이미지 제공 | pixabay